双子座文丛

高兴 著/译

忧伤的恋歌

漓江出版社

图书在版编目(CIP)数据

忧伤的恋歌 / 高兴著译.
一桂林：漓江出版社，2016.7（双子座文丛）
ISBN 978-7-5407-7817-0
Ⅰ. ①忧… Ⅱ. ①高… Ⅲ. ①诗集－中国－当代 Ⅳ. ①I227
中国版本图书馆CIP数据核字(2016)第094280号

忧伤的恋歌
高兴　著/译

出版人：刘迪才

责任编辑：孙精精
书籍设计：石绍康
责任印制：唐慧群

漓江出版社有限公司出版发行
广西桂林市南环路22号　邮政编码：541002
网址：http://www.lijiangbook.com
全国新华书店经销
销售热线：010－85893190
大厂聚鑫印刷有限责任公司印刷
［河北省廊坊市大厂回族自治县西大街　邮政编码：065300］
开本：880mm×1230mm　1/32
印张：9.75　字数：239千字
2016年7月第1版　2016年7月第1次印刷
定价：36.00元

“双子座文丛”出版说明

文坛写书者多，译书者也不少，但著译俱佳的不多见。创作与翻译并举，在世界文学史和民国以来的汉语文学界均有详例，一批人中佼佼在创作大量优秀文学作品的同时，还向国内读者译介了诸多外国作家的作品，既是传统文化的传承者，又是异域文化的绍介者。出版“双子座文丛”目的之一，就是努力在这方面进行发现和总结。双子座，取意“著译两栖，跨界中西”，丛书第一辑收入的几位诗人、作家，除了领衔的丰子恺先生文章千古，彪炳后世，其余诸公，在文学创作领域多有建树，文学翻译水平亦为译坛认可。丛书的宗旨是诗人写诗、译诗，散文家写散文、译散文，小说家写小说、译小说，角度新颖独特，为国内首创。由于篇幅所限，本丛书只收精短作品和译品。

漓江出版社中外文学出版中心

目　录

忧伤的恋歌

——高兴译诗选

【以色列】

耶胡达·阿米亥

序

孤独与孤独的拥抱

高 兴

再一次，不得不回到童年和少年，诗意那隐秘的起源。

六十年代，我们的六十年代，其实单调，灰暗，物质贫困，似乎并非诗意的年代。可那时，在县城，孩童不用读什么书，却相对自由，心灵也因此得以敞开，朝向游戏，朝向田野和河流，朝向灰暗生活中任何一点可能的光亮。露天电影，广播中的配乐诗朗诵，手抄本，还有无尽的田野风光和游戏天地，所有这一切兴许已在孩童心里埋下了诗歌“毒素”。

大学期间遭遇的“朦胧诗”又加剧了这种“诗歌毒效”或称“文学魔咒”，以至于大学毕业时，不愿去外交部，不愿去经贸部，而偏偏要去《世界文学》。从小就在邻居家里见过这份杂志。32开，书的样子。不同于其他刊物。有好看的木刻和插图。早就知道它的历史和传统，也明白它的文学地位和影响。有很长一段时间，我索性称它为鲁迅和茅盾的杂志。不少名作都是在这份杂志上首先读到的。以前绝没有想到，有一天，自己竟然也能成为《世界文学》编辑队伍中的一员。

我所景仰的冯至先生、卞之琳先生、季羡林先生等文学前辈都是《世界文学》的编委。这让我感到自豪。记得刚上班不久，高莽主编曾带我去看望冯至、卞之琳、戈宝权等老先生。在这些老先生面前，我都不敢随便说话，总怕话会说得过于幼稚，不够文学，不够水平，只好安静地在一旁听着，用沉默和微笑表达我的敬意。冯先生有大家风范，声音洪亮，不管说什么，都能牢牢抓住你的目光。戈先生特别热情，随和，让人感觉如沐春风。卞先生说话声音很柔，很轻，像极了自言自语，但口音很重，我基本上听不懂，心里甚至好奇：如果让卞先生自己朗诵他的《断章》，会是什么样的味道？

阅读，编稿，因而成为我工作和生活的基本内容。除去稿子，还要大量阅读其他书籍。阅读面，自然也日渐宽阔。光从《世界文学》就读到多少独特的作品：卡夫卡的《变形记》，福克纳的《我弥留之际》，马尔克斯的《迷宫中的将军》，帕斯的《太阳石》，米利亚斯的《劳拉与胡里奥》，莫勒托瓦的《会说话的猪》，格拉斯的《猫与鼠》，赫拉巴尔的《过于喧嚣的孤独》，曼德施塔姆、叶芝、布罗茨基、兰波、波德莱尔、休斯、奥利弗、勃莱、里尔克、博尔赫斯、阿莱克桑德莱、博纳富瓦、霍朗、沃尔克特的诗歌，川端康成、塞弗尔特、米沃什、普里什文的散文，都在我的记忆中留下了印记。

在《世界文学》的氛围中，走上诗歌翻译之路，再后来，走上诗歌写作之路，也就自然而然。

许多朋友很羡慕我们，说世上竟然有这样的工作：整天读文学作品，编文学作品，译文学作品，写文学作品，实在是幸福。不仅是幸福，简直就是奢侈。这是文学所给予我们的，这是《世界文学》所给予我们的。因此，在内心深处，对《世界文学》，我总存有一份感激。然而，除去幸福和奢侈之感，除去欣悦之情，却也时常感到惶恐，并且随着时间流逝，愈加感到惶恐。

我感到惶恐，根本还是因为文学本身。我曾如此描述文学翻译："这是个异常痛苦的过程，起码于我而言。感觉总在较劲。同文本较劲，同语言较劲，也同自己较劲。总恨自己的文学修养还不够深。总恨自己驾御语言的能力还不够强。总恨自己的想象力和创造力还不够旺盛。难以转换。甚至不可转换。但又必须转换。译者的使命和作用恰恰要在这时担负和发挥。那意味着：语言与语言的搏斗。个人与语言的搏斗。有限与无限的搏斗。译事，就是这样的艰难。它考验你的修养和才情，同样考验你的毅力和体力。此外，面对文学翻译，最最重要的是：你必须热爱。而热爱又伴生着敬畏。时间流逝，我越来越敬畏文学翻译了，越来越感觉到它的无边无际，无休无止。文学翻译中，完美难以企及，也无法企及，仿佛一场永远打不赢的战争。反过来，也正是这种难以企及，让你时刻都不敢懈怠，不敢骄傲和自满。”

我是在说文学翻译，尤其是诗歌翻译，我也是在说文学创作，尤其是诗歌创作。况且，不知不觉中，我们已身处一个对文学并不怎么太有利的世界。

惶恐，而又孤独。置于语言之中的孤独。置于文学之中的孤独。突然起风之时的孤独。告别和迎接之际的孤独。“谁这时孤独／就永远孤独。”

孤独，却不寂寞；不知不觉中，我竟然拥有了译者和诗人的双重身份。如此，严格说来，我的诗歌创作已由诗歌翻译和诗歌写作两部分组成。它们既各自独立，又相互补充，有时，甚至融为一体。这似乎是孤独与孤独的拥抱，是孤独与孤独的相互激励和相互支撑。

“一个拿不出献礼的人／便只有歌唱……”此刻，我想起了捷克诗人霍朗的诗句。我正是一个拿不出献礼的人，只有用诗歌翻译和诗歌写作替代歌唱，一步一步孤独地前行。孤独，却又满足……

而这本书又照亮了我的孤独。为此，我要深深感谢黑马先生和张谦女士。

2016年3月12日

独　白

——高兴诗歌选

歌　唱

在幽暗中，在雪
始终没有飘落的冬天
旋律回荡
可礼堂已经空空荡荡

歌者，站在舞台中央
索性闭上眼睛
继续歌唱
仿佛在为自己而歌唱
或者，在为歌唱而歌唱

谁知道他的柔情
他的期盼，他的失落
他内心深刻而又无言的忧伤

2004 年

开　端

拉开窗帘
雪，无边无垠

一只手伸出
不得不的道路
终于找到不得不的方向

你抬起头
在光中眯缝起眼

而忘记的水
让杯子
有了最最芬芳的形状

2004 年

纪　念

真是奇妙
又触摸到了诗
这丢失在二十世纪的手艺
竟在一夜间被你捡回

就连目光也有了活力
洞穿，雕琢，提炼
让花变成花开
让水变成水流
让鸟的翅膀
变成大地上的舞蹈

禁不住的绿
逆着时光曼舞，歌唱
行路的人，一步步走向童年

2004 年

遥　远

那么的遥远
遥远得失去了支持
隔着山和水
隔着两个季节

点点滴滴中
一只缺氧的手
陷入惊慌的印记
不知栖落在哪片荒滩

时间，空荡荡的

空荡荡的时间里
是谁，发出一声又一声的回音

2005 年

一米之外

一米之外
纵然背影
也让你有
回头一笑的幻觉

一米之外
纵然石头
也终会在凝视中
发出替代言语的叹息

一米之外
气息总在透露
宁静　波动　起伏
点点滴滴，隐隐约约
以春天的最有力的方式

一米之外
那男子伸出手的刹那
又忽然轻轻地抽回

2005 年

红色之旅

停顿
速度的最高阴谋
那么突然，凶猛
泥做的肉身怎能防范
于是
断裂的肋骨
背负起云背负起风
背负起千里的江山万里的长夜
水，在远处流淌

红色之旅中
疼痛的黑
给时间抹上了鲜明的紫

2006 年

那一刻

那一刻
疼痛统领着一切
喘息，咳嗽，细微的颤动
甚至远处的水声
甚至眼前的光芒
那一刻
疼痛就是疼痛
或者说，疼痛就是世界
世界就是疼痛
记忆腾空所有地方
只为了疼痛，这无礼的君王
那一刻
打击与拯救竟在同时进行
存在之线，脆弱，失语
却被疼痛照亮，这伟大的疼痛啊
让紫花地丁盛开在山顶
弥散烂漫的意韵
那一刻
疼痛在言说，我只能倾听……

2006 年

那么多只手

疼痛中
那么多只手伸来
柔软，生动，坚定的水
那么多只手
将时间一点点打碎，捂暖
变得可以忍受
那么多只手举起
无边的光
照亮回城的路
疼痛中，我行走的步子
在倾听三色堇的韵律

2006 年

心　情

再次醒来
在夜的中央
或许，你根本没有睡去

伸出手，依然是疼痛
它忠诚的陪伴
让时间无话可说

此刻，声音传来
蔬菜和水果已经上路
城市终于有了动静
天，一点一点亮了

2006 年

瞬　间

一切都在瞬间发生
最初的微笑
最后的背影
你究竟能抓住什么
跨越海洋的情感
在时间面前
同样不堪一击
一个永远的伤口
嘲笑你的痴顽

但我还是忍不住
忍不住向天空伸出手臂
总得触摸点什么
云的影子，山的呼吸
鸟儿洞穿蔚蓝的曲线
当那个名字
雪花般飘舞时
我甘愿被虚无吞噬

2006 年

沉　默

那么，我只能沉默
夜让夜本身失去了形容
水在屋顶演奏
冷风吹动，时间的笑
从阳台传来，温柔中藏着疼痛
不，就连疼痛都值得怀疑
存在总在一米之外
哪里还敢谈论什么虚无

关上窗户吧，别再迟疑

难免的怯弱无意间
会成为最大的英勇，就像鱼
就像树，就像花的背影
就像光的微笑
这世界有太多的东西
超越言语，你只能沉默

2006 年

归　来

归来，只是一服药，一个眼神
梦后依然的战栗，只是起来

走到窗前，吸一口早晨的空气
只是一杯牛奶，两个煮鸡蛋

触摸紫罗兰的手紧握着那句话
遥远忽然清晰，只是水露出

坚定的笑，歌唱来自歌唱本身
琵琶不得不沉默，只是念头

被光照亮，又照亮光，总也

挡不住，只是望着天一点点放晴

然后对自己说：该出门走走了
归来，只是一秒钟完成的姿势

2007 年

雨 天

不断的雨
让时间有了重量

一本书，一壶茶
找到了它们
最最适意的位置

文字和热气中
冒出的目光
总在望着窗外

唯一的女人
从天上走来
铺天盖地，密密麻麻

2007 年

夏 天

眨一眨眼
夏天过去了
在灯绳和书页之间
迟疑的手已经无法迟疑

豆豆在叫，一些碎片，几张便笺
什么也没写，空荡荡的
什么也没来得及写
白的纯净和晕眩
像七月正午的太阳

唯有水的幻觉
让你潦草地相信了季节的真实
没有根本的真实，超越一切的笑
总是浮在空中
时间和梦
就在这上上下下中摇来晃去

2007 年

一天，一天（组诗）

一 天

咖啡
还没煮开
天就大亮了

稿子翻开的瞬间
轮廓成为细节

走廊里
总有什么动静
让我一次次抬起头

那道门说关就关
不知道谁在深夜哭泣

一 天

歌声中
沉默荡漾
坚守不变的韵律

这里，那里
这里或者那里
沉默荡漾
坚守不变的韵律

空气和水
空气和水之间
沉默荡漾
坚守不变的韵律

羽毛飘动
羽毛飘动的时刻
沉默荡漾
坚守不变的韵律

正是午后
他独自坐在歌声中
坐在这里，那里
坐在空气和水之间
坐在羽毛飘动的时刻
让沉默荡漾
坚守不变的韵律

一　天

清香怡人

这冬日奢华的姿态
仿佛盐和面包
在时间深处举行典礼

水，被点燃
空气中，女人发出召唤
唯有奔跑，才能让旗帜飘扬

唯有火焰，才能响应蔚蓝
这沙滩无边的梦幻
仿佛手和笑容
在大海内部留下印记

一　天

于是
就沉默
一月柚子茶的沉默
在风中波动
在光中行走
苦守不得不的节奏
沉默让沉默晕眩

沉默让水晕眩
暖和起来的时间

推开房门
用花开向耕种者致敬

一　天

于是
就等待
子夜花吻的动静
在梦中回旋
在非梦中蔓延
穿过一道又一道门
等待让等待战栗

等待让手战栗

忽然醒来的天空
拉开帷幕
用闪烁重新为季节命名

一　天

于是
就想象
三月榕树的蓬勃
在雨中生长

在海边守望
背离所有的形容
想象让想象摇曳

想象让酒摇曳

渐渐远去的身影
陷入夜色
用朦胧给时间留下惊慌

一　天

于是
就迷失
凌晨拥堵的心思
在枕边喧闹
在远处寻觅
拒绝时间的阴谋
迷失让迷失哭泣

迷失让眼哭泣

没有答应的小路
拐进山后
用中断给行者指引方向

一　天

一路上
所有人都神色慌张
所有人都朝着不确定的方向

一路上
车轮磕磕碰碰
雨，停在半空
五毒俱全的召唤
让玫瑰花瓣
有了最最生动的表情

一路上
手总在挥动
心思冲破章法
而世界
就在门和窗的开启中
露出它从未露出的样子

一　天

此刻
还不如沉默
像水，任风轻轻吹拂

还不如起身
像足迹，顺应山与水的呼吸
打通那边界，让时间穿越
还不如凝望
高处的红，更高处的蓝
花市已经开张，节日就要来临
还不如挥一挥手
像春的暗示，在夏的门槛舞动

2007 年

奔　驰

奔驰中
那个女人
一只手握着方向盘
另一只拂了拂
长长的黑黑的披肩发
橘黄的毛衣
点缀着白净的脖颈
眼睛闪烁
照亮了前方的路途

整个世界在这
迷人的侧影中晕眩

忽然
车窗摇了下来
一口唾沫
从她的嘴里飞出
问候般
划了道优雅的弧线
飘落在
两个行人的中间

2007 年

梦中梦

女人
拉上窗帘
朝我转过身来
一件一件褪去衣裳
露出饱满的乳房
光，溢满房间
水开始荡漾

这，当然只是梦

女人
拉开窗帘
朝我背过身去
一步一步走向远方
遗留模糊的气息
手，还没伸出
雨已经落下

这，当然只是梦中梦

2007 年

地　铁

那女子
走在地铁车站
摩登，骄傲，不容亲近

我望着她
茫然而又忧伤
不敢有任何想法
冷酷的美人

多么优越
仿佛在画中，属于另一个世界

我们踏进同一节车厢
拥挤让人窒息
无意间，我回过头
看到她
表情扭曲，痛苦不堪的样子

那一刻，我猛然认出
她原来竟是我的初中同学

2007 年

鸡　蛋

鸡蛋，鸡蛋
早晨吃，中午吃，晚上吃
有空吃，没空也得吃
鸡蛋，鸡蛋
水煮，酱煨，油煎
吃鸡蛋能补身体的
尤其在断了肋骨之后
哦，这日夜的鸡蛋

这时刻的鸡蛋
鸡蛋在梦里滚动
鸡蛋在空中飞翔
圆的鸡蛋，方的鸡蛋
柔软和坚硬的鸡蛋
形而上和形而下的鸡蛋
鸡蛋在厨房
在客厅，在书房，在阳台
在对你微笑，在向你招手
餐桌上的鸡蛋
茶几上的鸡蛋
枕头边的鸡蛋
鸡蛋，鸡蛋
鸡蛋脱去朴素的衣裳
穿上华贵的礼服
不容易的鸡蛋
时而得到胃的青睐
时而遭受胃的唾弃
鸡蛋，鸡蛋
无限的鸡蛋
灿烂的鸡蛋
这无限灿烂的鸡蛋
这无限灿烂得让人敬畏的鸡蛋……

2007 年

高原印记（组诗）

心里有烟

心里有烟
燃烧，或者熄灭
水，拒绝流淌
时间低下它的头颅

草原伸出手臂
辽阔的诱惑，打动荒芜
唤醒公主湖的梦境
又让伤口在刹那开放
风躲进山谷，白桦林被冷擦亮

星空下，黑马奔驰
所有的方向都是方向
所有的方向都不是方向
此刻，此地
远处指引着远处
而道路却失去了根本

水中有刺

深夜
萧萧的马蹄

扬起旗幡，逆风奔驰
冲击岸的阶级

梦被惊醒
湿漉漉的手伸向天空
只抓住黑的影子

水中有刺
火的碎片发出尖叫
男人伫立湖边，抽泣
泪，敲响了泪
沉睡的鱼，依然沉睡

转过身
高高的战争
已在悬崖将你逼入绝境

山顶有雾

可是
脚不听手的命令
攀缘，舞动
五彩山，朝上的风
将氧气射向天空

蓝在呼吸，惊慌失色中
我与一粒尘埃呼吸
呼吸的路径
通往高不可测的无限

可是
我看不见无限
我只看见脚不听手的命令
一声声全都指向山顶

山顶有雾
雾里有我生死相依的妹妹

高处有雪

闭上眼
却遇见了诗
这中秋金黄的宿命
让道路亮出它的刀刃

双重风暴
逃不脱的晕眩
窗口抵抗着窗口
光明和黑暗同时抵达

高处有雪，
纯粹的飘洒和洗礼
雨的极致，柔情在舌尖荡漾
身与心，被逼进死角
只有升腾，才能得到拯救
只有飞舞，才能融入天的境界

只有赴汤蹈火
才能摧毁铁的影子，建立梦的帝国

边缘有光

塞罕坝
挡不住的酒
让黑暗温暖黑暗
让荒芜抵御荒芜
风举起手
白桦林缓缓转过身来

边缘有光
草原一次次沉醉
男人跃上马背，呼吸
路延伸着路
远方呼唤着远方

比高更高

比芬芳更芬芳
专制的水，劫持夜
以天的方式，让中心驻扎在心中

天上有冰

疼痛
在刀尖闪烁
要命的沙尘暴
刹那间，让草原晕眩

正是子夜
风改变了方向
言语飘零，熄灭
失眠的人只好捂住胸口

天上有冰
水却渴望燃烧
白桦林，看不见山顶
摸黑的路，已丧失形容

深渊旁
颠倒的时节
举起粗壮的手，走近梦的肉身

地下有火

起风了
在超越经验的黄昏
难以抑制的手
丢弃画笔，只用水
一步步贴近夜的中央

地下有火
点燃季节的愿望
这些果实，树的舞蹈
十月金黄的奇迹

天上，蓝雨徘徊
是想象和冲动
源于风情万种的梦

那只钻石孔眼
那颗建设的泪
照亮血液和粮食
让我们记住草原，刻骨铭心

2007 年

间　隙

在诗与诗的间隙
让我喘一口气
给湖边的女人打个电话
就聊聊家常
天气，冰激凌，街上的见闻
反正什么都行

在诗与诗的间隙
让我找把椅子，躺下
叫豆豆依偎在我的身旁
总会有风的，只要窗户开着
总会有风的

在诗与诗的间隙
闭上眼睛
重新踏上那条路
通往喀纳斯
通往绿的山和清的水

在诗与诗的间隙
索性去做顿饭
为自己，也为家人

红烧排骨，毛豆炒丝瓜
鸡蛋西红柿汤
有谁会相信
这些简单的菜肴
竟是我生命最大的具体
最高的抽象

2007 年

北　川

一

北川
我走近你
仿佛心口抵住刀尖

二

语言和废墟
早已在痛中失去知觉

谎言却还在舞蹈

三

千万只眼睛，被寒冷冻伤
望不见天堂
重又落回地面

深秋，那些鲜红的冰雹哟

四

刚刚站起的身影
披着黑纱，回到故土
没能逃过泥石流的嘲弄

这双重的死亡
把冤屈埋在了更深处

死者，难以安息
生者，还敢相信什么

五

闭嘴吧
死亡的滋味
只有死亡知道

谁也无法讲述

而想象，多么可笑

六

死寂
就连呼吸都是种冒犯
更别说哭泣了

七

孩子，孩子
在这里，别轻易提孩子

天使已经死去

没有天使
时间拒绝生长
哪里会有什么天堂

八

那么多的灵魂

拥挤在地下
真怕
地面随时会被捅破

我们该怎样迈动脚步

九

山如空气
挥舞着白旗
遮蔽了光和天

空气如山
以无形的手
压迫，拷打，围剿

你无路可逃

十

牢记，会把人逼疯
遗忘，未免显得轻浮

在牢记和遗忘之间
我们如何是好

十一

可是，山顶上
那块巨石，就悬在半空

它正默默地念叨
随时都会砸向人类的头颅

2008 年

雨，或鱼

蓦然
雷电一闪
雨变成蔚蓝、透明的鱼
纷纷扬扬飘落

地球上
一些人惊慌失措
狼狈逃窜
另一些人激动不已
张开手臂

我眨眨眼，随后连声高呼：

瞧，天空在做梦！天空在做梦！

2008 年

状　态

拉上窗帘
书房空空荡荡

天，提前黑了
灯一直没有打开

你低着头
被几个字缠绕

而八月的雪
在半空
已悄悄改变了路径

2008 年

不用言语

不用言语，这有多好
就像天渐渐转晴
你凝视着它的蔚蓝
但不用言语
就像螃蟹的滋味
你只需品尝，喝两口黄酒
但不用言语
就像豆豆
无论悲伤或欢乐
都不用言语
顶多独自埋头静卧
或者摇摇尾巴
不用言语
这省下了时间和精力
也避免了谬误和陷阱
和茶一道坐着
和豆豆一道坐着
和月光下的影子一道坐着
听听窗外的风
想想南方的兄弟
不用言语，这有多好

2008 年

与冬天有关，与冬天无关

字，一个个写上，又一个个抹去
痕迹还是留下了
雪的深处，是树，是海水
是马蒂斯的手，点燃蔚蓝的琵琶
西施在空中舞蹈

忽然，风被照亮
马群惊醒，粮食陷入想象
始终的窗口旁，渐渐生起的壁炉
用解放者的姿态
为夜晚开辟出通向远方的路途

而此时，所有这一切，已与冬天无关

2008 年

雨，滴在地上

雨，滴在地上
成为两个脚印，神谕之果

仿佛毒汁和蜂蜜，同时渗透血液
彼此热爱，又相互折磨，提炼出粮食

那棵树，被酒浇灌，总在深夜暗长
挥一挥手，把天空当作了村庄
而那些叶子，像未完成的呼吸
总想要替代雪，飘舞着
融入光和根，向三月三的江南致敬

2008 年

把你藏在黎明，风吹麦子

把你藏在黎明，风吹麦子
田野露出第一缕光，把你藏在树梢

星星的方向，是鸟儿的守望
是梦，反复醒来，黑夜温暖的归宿

把你藏在云端，蓝的背面，抬起眼
雨，滴滴落下，高处的冰闪烁

五月的记忆，那女孩总在等待，哭泣

呼唤一个名字，她仅剩的语言

全部的语言，倚在村口，谁能真正听懂
没有时间的路蔓延，把你藏在湖底

藏在山顶，手掌中，藏在石头的核里
水生长，柔软又坚决，一生一世的秘密

2008 年

早晨，在雾霾中上路

早晨
在雾霾中上路
城市的面孔变得模糊
车缓缓行驶
无数的细节被一一省略

人在雾霾中消失
色彩和曲线在雾霾中消失
寂静弥漫，远方的深渊
让一切漂浮。时间陷入重围

钟声敲响
雾霾渐渐散去
太阳重现，一滴硕大的泪
午后，没有红茶，只有祈祷
默默地祈祷，所有的词语都是沉默

也许，伸出手臂
就能唤醒一个姿态
六月的少女
我要你面带笑容穿过夜色

梦中的梦。梦中的风

风从窗外吹来，风从高处吹来
悠远而广阔的虚无
影子摇曳，锐利，霸道，在人类的心口留下刀痕……

2008 年

心绪弥漫，在这闷热的夜晚

心绪弥漫
在这闷热的夜晚

开水加上柠檬，抵抗某种滋味
柠檬和水，柠檬和时间
时间流淌，时间崩溃
在流淌与崩溃中，你都得抓住点什么

你都得抓住点什么
哪怕是梦。梦，多好，还能做梦，多好
做同一个梦，一生只做同一个梦
伟大的虚幻，坚韧不拔，又无可救药
梦中的屋子，无法打开的窗
这可是夏天，六月已经来临，汗水浸透了梦
黑暗中，有道光渐渐亮了
轮廓和侧影，填补一个个空白
记忆在说，梦在说
记忆和梦，界线究竟在何处

琴声摇曳
水中的倒影，像那个哭泣的女孩
风从湖面吹来。雨，和泪，同时落进湖底

2008 年

深秋，那个夜晚

深秋，那个夜晚
那片海滩，那只船

大雾笼罩
世界变得依稀，简单
省略掉许多细节
只剩下几点光亮，一些睡意

只剩下呼吸和水
在幽暗中舒展，流淌
提示某种气息

海，迷失在天上
淹没了星星和月亮

只剩下你，渐行渐远
似有，似无
用看不见的足迹宣布：
只剩下碎片，让时间出卖时间

2008 年

高空，或深渊

高空，或深渊
角度决定地理
远方消隐，又从四面扑来

云在呼吸
水的影子伸出手
没有人烟，全是幻觉
挣扎，纠缠，语言的蛇
颠覆白天和黑夜，让时间崩溃
让一缕风吹过
你看到了山的面目

你看到了自己的渺小
那么可怜，近乎悲哀
而一生太短
用尽力气和智慧，究竟能抓住什么

2008 年

九　月

果实与梦
被一场夜雨打湿
风，正好伸出他的手

空中，琴声飘溢
替代火
淡淡的，却那么坚定
仿佛水发布的命令

气候说变就变了
岁月说老就老了

猛然间，近处，远处
需要两副眼镜
才能看清这个世界

兄弟，丢开书本吧
赶紧上路
我和黄酒在海边等待

2008 年

变　奏

蔚蓝在低语
水的丝绸，为梦
打开窗户：远方
有艘油轮正在驶来

天空，如此的辽阔，如此的近

波浪间，太阳，泪一般
流出，绚烂，滚烫，红得耀眼
唤醒早晨，色彩，和所有的生命

忘掉城市，风，追逐着风

八月端起酒杯
你不得不醉，深刻的醉
抛弃时间，只留下手
只留下嘴唇
只留下女人的歌声
从地平线升起，融入光，融入云
用弥漫的音符告诉世界：这就是大海

2008 年

中　秋

一个硕大的句号
点在天上
闪烁着，圆润，却冷清
宣告语言的终结

而人间
欢聚刚刚拉开帷幕
诗词的浪潮
被酒浸泡，席卷古老的大地

2008 年

十　月

天黑了
房子开始膨胀
排挤树木
企图收缴所有的空气

细雨中，十月
像艘巨轮，浮动，摇摆
不理睬果实的嚎叫
只载着你
在半夜时分起航

它究竟要驶向哪里

2008 年

画 面

声音
紧贴着水面传来
细小，却清晰

荷，在追忆
夏天的点点滴滴
依然随风摇曳

十位游客中，有九位
匆匆走过，去看

那些或红或黄的秋叶
另一位，弯下身子
只为了系好松开的鞋带

2008 年

十一月

——给松风

转过身来
我看到兄弟在呼喊
光穿越夜色，风的手
挥舞一个个瞬间

你怎能离去。影子在撞击
水在战栗。麦田在轰鸣
你怎能哭泣
白玉兰在床头致意

吃螃蟹的时节
我们坐在桂花树下
面对松林，喝着黄酒
一遍，又一遍
温习民谣和方言

一遍，又一遍，拽住童年
把城市挡在山的那边

十一月，暖和得令人伤感
记忆停滞不前
一粒米陷入想象
一壶茶敞开情怀，却总是语无伦次：

南方，兄弟；兄弟，南方……

2008 年

此　刻

此刻
只剩下一支笔
孤零零的，闪着蓝光
隐藏于太空深处
抛弃所有的词
又被所有的词抛弃
犹如皇帝丢失了宫殿
那么虚弱，风一吹
就陷入晕眩

分不清低语和嚎叫
把星星当作狼的眼睛

而此刻
地球上，战争刚刚打响
第一枪……

2008 年

南京，或南浔

宿命的芬芳
打通子夜和午后的隔墙

妹妹站在田垄
苍鹭从湖面掠过

黄酒浸润的南浔
有只手正抚弄古琴
醒了又醉，醉了又醒

三月三，藏书楼
是什么在无意中摇曳

书生临窗静坐
和一个人谈起另一个人
泪流满面
而那时，花不断地开着
雨不断地下着
泪流满面，挡也挡不住
哪里还用得上油纸伞

2008 年

家　乡

太湖
举起一杯杯黄酒
把醉当作最后的奢华

影子徘徊
难以逃脱船的手掌
梦中的少年，登上船头
呼吸，呼吸
夜色滋润想象
在小桥流水间，寻觅一线生机

季节已无界限
所有的路，都被落叶省略
风雨交加，你猛然发觉：
岁数真的大了
深一脚，浅一脚
转了一大圈，还是走不出家乡

2008 年

母　亲

该添衣裳了
千里之外，母亲说

这句话
母亲已说了几十年
一到秋天，就说
无论我在哪里
无论我多大年龄

像默契，又像仪式
年年，我都等着
母亲说这句话，
等着帮母亲，也帮自己

完成一项温暖的事业

每回听到这句话
我都会眼眶一热
都会忘掉所有的言语
只是不住地点头：晓得了，晓得了

2008 年

十二月

雪的影子
比雪更具威力
它提前来临，渗透
各个角落，甚至敲诈天空
让鸟儿纷纷坠落

墨水冻结
文字在笔尖挣扎
风吹着，用刀刃对准门窗
你无路可逃。子夜逼近
有只手已伸进梦中

2008 年

岁　末

又到岁末，漫长的停顿
就像村庄中间突然冒出一条河
而桥又不知在哪里

只能隔岸相望，让雾和影子
填充距离，只能注视
从水中捕捉痕迹，哪怕只是幻觉
可一切都在流淌
一切都朝着那个方向
只能沉默，并抬起头，省略感叹和呼唤

空中，有个声音在轻轻地说，不断地说

2008 年

沉默：母亲

一

四月真是最残忍的月份
以闪电之手

夺走了我的母亲

二

接近正午
一切，那么突然
甚至还没来得及呼吸
还没来得及迈步
光，散布的黑色更加恐怖
让人战栗，寒冷
瞬间，所有的道路都被封死
母亲，您去了哪里，您去了哪里

三

说好的，要回家看您
在四月的某一天
因此，就一直没打电话
想给您一个惊喜
想看您抬起头来，笑
那一刻凝聚着全部的幸福，您的，我的
全部的安慰和温暖，我的，您的
只差一天，我就能到家，只差一天啊
母亲，您一生都在等待
这一回，只差一天，您都不能等等吗

四

没想到，这一天，竟是生与死的界限
这一天，竟是诀别，竟是深渊
早晨，邻居还看到您倚在门口
仿佛在望着什么
几个小时后
连手都没有挥一下，您就站在了那头
而我站在这头
中间是无边的大雾，永恒的黑天
母亲，您为何要走得这么快，这么急

五

母亲，您走得这么快，这么急
是想念父亲吗？也许是的
父亲离世后，逢年过节
母亲都要给父亲烧纸，叠银元宝
就在几天前，还到同里公墓
给父亲上过坟，烧过香
再多的儿女也替代不了父亲
这一点我们慢慢会懂的
终于，母亲和父亲聚在了一起
父亲不再寂寞了
可我们从此又没有了母亲

六

冰冷的母亲
千呼万唤也不开口的母亲
不，不，这不是您
冰冷是死神强加给母亲的
冰冷就是死神
母亲总是那么的温暖
善良的温暖，宽厚的温暖，慈祥的温暖
母亲的字典里只有温暖

七

母亲啊，面对您冰冷的身躯
我的痛哭发不出声音
我的泪水只往心里流淌

我的沉默
被母亲的沉默压迫着
根本透不过气来
仿佛一个伤口，滴着血
开放在刀锋的山顶，冰川的峡谷
让春天所有的花朵低下头颅

八

那边一定又冷又黑
母亲，让我为您点上蜡烛
点上所有的灯盏
让我为您烧些纸
温暖您，也温暖我自己

母亲，一到秋天
您总会对我说：该添衣裳了
此刻，您自己也千万别忘了
该添衣裳啊

九

雷雨，骤然落下
击打屋顶，河面，弄堂的石子路
雷雨，来自天空
兴许会带来母亲的消息
我站在雨中，任雷雨击打，陷入幻想

十

仿佛在坚守信念
母亲从不说悲伤和痛苦

母亲只说欢乐和美好
水和石头，这就是母亲
每次打电话，母亲总是说：
家里一切都好，自己一切都好
风中之树，这就是母亲
所有的悲伤和痛苦都藏在心底
甚至连病痛都只愿独自承受
母亲的品格让我们钦佩
也让我们难过，内疚，心里充满了遗憾

十一

闭上眼，全是母亲
只有母亲，母亲洗衣裳
母亲坐在门口
母亲拎着水桶从河边走来
母亲微笑着把奖状挂在墙上
母亲给困苦中的邻居送上钱物
母亲背着受伤的弟弟一趟趟地去医院
母亲陪伴着我准备高考
在子夜时分为我端上一碗水煮蛋
母亲追着火车一遍又一遍地喊我的名字

睁开眼，世界，空空荡荡

十二

我站在灵堂中，望着母亲
母亲坐在相框里，望着我
这么的近，又那么的远
我们只好用沉默交谈
我们只好用目光相互致意

时间停顿
母亲的遗像覆盖星空。雪，穿越大地

十三

油菜花开的时候
母亲走了。泪水浸透芬芳
在彻骨的寒冷中变成冰凌
匕首般，刺伤儿女的心
母亲，您平时最体谅儿女，最心疼儿女
甚至最迁就儿女了
可这回，您却如此的决绝，毫不迟疑
我明白，您肯定把这种决绝和毫不迟疑
当作最大的体谅和心疼，最大的善
您总是怕给别人增加麻烦
总是怕给儿女增添负担
可是，母亲，对于儿女来说

您的遽然离去已成为另一种残酷
另一种重，世界最大的重

或者，另一种轻
轻得可以漂浮，像烟，像尘，像泡沫
虚空蔓延，影子伸展，我们能抓住什么

十四

清晨，送母亲上路
骤然的雾
仿佛大地披上了挽纱

要过桥了，母亲
要拐弯了，母亲
要上坡了，母亲
母亲，您一路走好，您一路走好

我的饱受苦难的母亲啊
我的历经沧桑的母亲啊
我的只知忙碌、不懂享福的母亲啊
现在，您可以安息了

十五

没有了母亲

家，被抽去了根基
南方，丧失了血脉
没有了母亲，身与心，成了孤儿

十六

用颤抖的手
再次拨通那个电话
期盼着某个奇迹会发生
铃声一直响着，一直响着，一直响着
惊醒了屋里的椅子和桌子
却再也惊不醒母亲了

十七

母亲升上了天空
还是躺在了地下，谁晓得呢
把手伸向天空，我能抓住母亲吗
把耳朵贴住地面，我能听见母亲吗
母亲，母亲
从今往后，在天地之间
我会时刻呼唤您，寻找您
不管怎样，我都相信：
母亲，和父亲一道，就在天地之间

2009 年

高　原

一步，一步，登上山坡
仿佛高原上的高原
一伸手
就能触摸到天穹

仿佛一半是天，一半是地
树在云的身影里生长
天地交融
充满了神谕，却难以察觉
你不得不闭上眼睛

仿佛光在瞬间架起梯子
呼吸听从水的命令
花朵还没开放
果实已散发出芳香
星星的村庄里，雪抹去边界
黑马奔驰，一回头，便是宿命

2009 年

雨　中

雨，敲击着水面
蔚蓝化为暗绿，仿佛光
微闭起眼，流露低调的表情

从夏到冬，秋天被瞬间省略

可你不能奔跑，在高原
再大的雨，你也不能奔跑
三千米，这就是天空
真正的天空，检验心跳
呼吸吹拂云朵，星星在山顶上歇息

风，穿越石头，带走了火种

索性同油菜花站在一道
同牦牛站在一道，披上棉袄
然后，挺起身，一步一步走到湖边

青海湖，浑浊和清澈
静止和汹涌，在气象中
颠覆想象，期待，所有的词语

只用变幻之手，翻动永恒的经书
让人痴迷，又令人绝望

2009 年

独　白

所有的人都已离去

天空巨大的背影
投向高原
仿佛一汪泪水
在气候中变幻着各种颜色
语言的柴火，被弃置一旁

所有的人都已离去

马儿卑微的咀嚼
陷入虚无
仿佛一个镜头
用光和影呈现着万千假象
生存的底线，被遗忘摧毁

所有的人都已离去

只剩下悬崖，草，藏羚羊
空气中涌动的问号
只剩下那声音，时断时续
仿佛雨打树梢
发出最后的动静：所有的人都已离去

2009 年

气　候

雨滴，持续飘落
在呼吸与呼吸之间
改变了气候
牧羊人裹紧棉袄
望着秋天的后背，举起酒瓶

青稞在回忆，油菜花在告别
牦牛在聚拢
湖水深处，鱼在追逐影子
那些天空撒下的碎片
隐约闪烁，仿佛光在哀悼

仿佛星夜在暗示，低语

兄弟，兄弟，你究竟何时归来

重新关闭的门，石头里的静
这一次，我不再回头
毅然踏上山坡
服从唯一的路径
用雪的词语，深入高原的寂寞

2009 年

风 景

游客说这里真美这里真美
可土墙和青稞地
流露出另一种表情
与风景无关

光，照亮远处的山
和高处的云
独独刺瞎了近处的眼
哭泣，已找不到路径

几个孩子，赤着脚，跑进屋里
又探出身来
讲着我们听不懂的话语

此时此刻
诗歌低下头，躲到一旁，脸色苍白

2009 年

幻　影

坎布拉，晴朗得如此暧昧，性感
手在抚摩，乳房却是透明的
远处的山忽然近了，贴着你的鼻子
漫步和拥抱的寂静。什么声音在响
什么词语在奔突

树林战栗。风竖起耳朵，吹过湖面
打探时间的消息
岸边，牧民赶着羊群，加快了步伐

那只鸟，再次飞临，停在船头

望了望我，又跃上顶棚。它多么自由
扑扇着羽翼，在蓝天下闪烁
仿佛公开的情敌，剥去女人的衣衫
故意刺激我，羞辱我，让我满脸通红
恨不得立即在光中死去

坎布拉，深秋，金黄的叶子正一片片飘落

2009 年

光　线

还没来得及对准镜头
那景致
便消失得无影无踪
云飘过，山顶暗淡
留下空白
秋天，带着水果的忧伤
躲进落叶

金黄，只是衰败的预兆
脆弱得经不住一场细雨
刺穿梦想

村庄在冷风中失眠
用犬吠打发一个个钟点
坐等黎明

京剧唱段中，古道敞开
太阳照常升起
仿佛又回到原始
可植物总在提醒：
赶紧走吧
光线叛变，世界早已面目全非

2009 年

六　月

——给豆豆

她就这样蹲在我的身边
时时刻刻
眼睛微闭，像个逗号
点在了最恰当的地方

这是六月
气温高达三十七度

我起身，她也起身

我走动，她也走动

仿佛影子，又如光线

甜蜜的跟屁虫

摇动着尾巴，乐呵呵的样子

以为吐着舌头

就能吐掉整个夏季的闷热

我让她感到安全，踏实

而她却给了我如此的宁静和凉爽

2009 年

湖　边

这一切也许只是幻觉

比星空更加遥远

时间深处的脸

梦的姿势，言语难以捕捉

就像少年偷偷爱上的

电影中的女特务

只有眼神，身段，波浪发

却永远没有名字

那么，起码今晚
让我躲在湖边，枝杈间
喘口气，端起酒杯
当个旁观者，用画面驱除追忆

2009 年

告 别

把呼唤埋葬
把天空之外的景致埋葬
把手埋葬
把手指上的眼睛埋葬

让时间停滞，在一个午后
让茶杯和椅子保留原样
让香水百合转过身来
最后望一眼，就一眼
接着，砸烂它们，将它们
扔进海里

日子依旧。世界依旧
唯有鱼发现：
海底，一些碎片正在奔走

2009 年

青　岛

又到海边
贝壳隐藏的记忆，刺穿海面
初冬和盛夏，原来只隔着一瓶酒
只隔着一座栈桥
是谁在说

那只船不见了
沙滩上，足迹与足迹
重叠，消磨。离别紧挨着抵达
约会又如何才能完成。是谁在说
茉莉是七月的衣裙
在蓝天中飘舞，浪涛将改变姿态

是谁在说。时间开始奔跑
晕眩模糊了视觉：

冰与火，光与影，远远看去
就像勾肩搭背的
孪生兄弟。是谁在说
白昼太短，海岸线太长，探寻者
还没来得及探寻，便陷于夜色

是谁在说。想喊就喊吧
大声地喊，或者双手合十，祈祷
雾已散去，风在为你壮胆
兴许，海的深处
帆，就是一座房子，正临空升起

2010 年

凝望与等候（组诗）

公主，你转过身来……

公主，
你转过身来，用薰衣草的笑容，
将整片湖变成酒。
醉，难以阻挡。岩石哼起了歌。

在蓝色的晕眩中，
有个声音响起：
“一翻过天山，
我就成为我想是的那个人了。”

是谁在说？
诗人，远方的游客，还是博格达？

天空在缓缓转动，
云影下，那双眼睁开，
把目光投向高处：望着，
就这样望着，仿佛无声的圣旨，
让银杉林宣布：
今夜，只有火，只有水，没有黑暗……

你是如此美好……

“你是如此美好，
望见你，仿佛望见一声祝福。”

面对天池，我用心说着
这句话，反反复复，从下午
到傍晚。静，渐渐围拢，

月，已从水面升起。

我还在等候什么?
一缕光，一个瞬间，抑或一道神谕?
水的那边，那些未红将红的叶，
只需一阵风。它们也在等候。
仿佛天地的默契。不，此刻，
天地就是一场等候，
最伟大的等候，让万物做梦，
让水融入光，舞蹈，并吟诵。

我在等候中等候。我在等候着等候。
因为，你是如此美好……

静谧中，高处……

静谧中，高处，
那只手在执着地邀请
你一步步走来，超越声音，

超越哲学和诗歌，将时间
化作胡杨怀抱的幻影，
被天池之水含入嘴里，
又轻轻吐出。仿佛一粒种子，
心灵小小的宝贝，
敲醒石头，渴望花的表情；
仿佛风，吹动窗帘，

吹动一首歌谣和羊的
凝望。一遍遍地触摸。
一遍遍地唤。直到一个意志确定
星空的基调。直到梦举起
绿色的旗帜，插在灯杆山顶，为你
掀起内在的光。

博格达，天地在升华……

博格达，
大地在升华，
闪烁的神，照亮整个西域，
在瞬间唤醒
无数只眼，仅仅用沉默
与万物对话，深入
宇宙的思想。

无论你走到哪里，
她都在望着你，望着你。远与近，
近与远，界限消隐。最柔和
又最犀利的目光，同
天池联袂，将你的身心
洗得比洁白更洁白，比芬芳更芬芳，
仿佛巅峰上的雪莲，远离尘俗，

轻盈，却坚韧，自愿
开放成奉献的样子。

“你望着我，我也望着你。”
总有歌声从天边飘来……

2011 年

襄垣短章（组诗）

老　树

其实，村头那棵老树
知晓一切。
可它却坚持着
自己的沉默，
并在沉默中
竭力用金黄的叶遮护
路上残存的印记，
提示后人
从最靠近泥土的角度
去猜测和想象
那段传说中的历史。

兄　弟

初次见面，
你就拍着我的肩膀
大声地招呼：兄弟！

我一愣，然后笑道：
是啊，诗人都该是兄弟。

在你热气腾腾的话语中，
我仿佛又回到了
二十世纪的童年。那时，
雨就是雨，风只吹来风，
一场电影就是一个节日。
那时，听从妈妈的吩咐，
无论见到谁，都要叫
叔叔或伯伯，阿姨或婶婶
爷爷或奶奶。那时，
我开心地想：
原来所有人都是我的亲戚，
所有亲戚
肯定都会给我带来糖果和玩具。

夜　晚

襄垣，夜晚，
我站在湖边，
一遍遍地告诉自己，
脚下是黑色的金子，
是凝固的粮食。

忽然，奇迹发生了：
我看到
一棵棵树从湖面升起，
洒下一粒粒水珠。

我特意摸了摸额头，
捏了捏脸，
然后确信：那不是梦……

潞　潞

潞潞是我的兄长，
也是我的朋友。
我们认识许多年了，
也曾在北京西宁杭州
南京太原等无数个地方
无数次相见。

可每次都匆匆忙忙，
就连喝酒的时间
都没有保证。

到了襄垣，情形
大为不同。潞潞不仅
把我请到房间，还为我
沏上茶，削好一只苹果，
并在温馨的台灯下同我
聊了整整一个晚上。

谈心的感觉，真好！
我到底该感谢潞潞呢，
还是该感谢襄垣？

不管怎样，从今往后，
提到潞潞，我就会想起襄垣，
而说起襄垣，我准会想到潞潞。

2012年

夜

把睡眠带给睡眠

把梦带给梦。那人却醒着
看睡眠和梦
在针尖上降落，闪烁

危险的夜。每一声唤
都在泣血
田野在哪里？草药在哪里？
边界在哪里？把问带给问。

星空下，石头，压迫词语
一道光，悬于头顶
那人却在睡眠和梦中穿行
又停顿。捂胸。把黑夜带给黑夜

2012 年

词　语

词语。词语
刺眼的迷惑之光。仿佛
初春的沙尘暴
把时间挡在时间之外

远处，又在下雪

词语也在飘飞吗？空中
漂浮的海，让目光晕眩
寻找，注定要误入歧途
还不如抛开纸和笔，去听听
石头的沉默，那些会说梦话的石头
那些会流泪的石头，那些
心里藏着石头的石头

石头。废墟。千年的记忆
沉默，终于被沉默击中
九粒种子，从高原掠过，裹挟着风
把词语带给词语

2012 年

青海，青海

一

八月
青稞快熟了
这嫩黄的语言
会为高原唱出怎样的歌谣

牦牛们已竖起耳朵

二

光的军团
用蔚蓝的兵器
冲击着秘境的门扉

时空被颠覆
天上的摇篮盛满了油菜花

三

云怀揣着心思
在山与山之间吟唱

天籁撒下种子
白鸽在拒绝中飞翔

四

远望
那片梦幻的水
仿佛大地的眼睛
盈满了泪珠

蓝蓝的，咸咸的
每一滴都是一个词语

五

未被污染的草
终于印上了人的足迹

马儿会嚼出什么味道
唯有树知道

六

古城隐藏的念想
从老墙的缝隙中渗漏

偶尔的雨滴
落入塔的掌心

七

高原，山顶
风总在吹
一只手总在挥舞

心，跳得更快
身躯，却不能奔跑
你索性把它托付给天空

八

九月
气候说变就变
四季浓缩成一天

出发时，我带上所有的衣裳
独独忘记了那把伞

九

屏住呼吸
静听
天空又在发布什么命令

我绵羊般低下头，难以违抗

十

昨天
这河还是清澈的

清澈得亮出了所有的谜底

夜间的一场暴雨
仿佛肩负着一份秘密使命
让它变成了黄河

十一

在高原
保持一种姿态
你只能保持一种姿态

否则，惩罚会从天而降

十二

山的这头是雾
那头却是一派晴朗

一声口令，门扉敞开
穿越，仅仅用了九秒钟

十三

重访坎布拉

我找到的
只是那群山水的影子

影子醉了
自顾自在蓝雨中徘徊

十四

高度带来晕眩
景致在晕眩中摇曳

闭上眼睛，你兴许看得更清

十五

一大早
就有人在喊山

梦，提前醒来

十六

这里
人们只用酒说话

必须改变血液
你才能听懂酒的语言

十七

时时刻刻
月山都在望着日山
日山都在望着月山

日月山
大地支撑的深情
让风含着眼泪

十八

来到高原
总会有点反应
身体的，心灵的

红景天，其实是一种暗示

十九

青海湖畔
最后的油菜花

在迎接，也在告别

雨飘落的瞬间
夏天头也不回，大步离去

2013 年

凌晨四点

我已忘记
自己是怎样醒来的
醒来，才发现：
刚刚凌晨四点
索性起床
在书房坐着，半睡半醒

声声鸟鸣，从窗外传来
强调世界的静
那些鸟儿，在清晨
仿佛都有急切表达的愿望
那些鸟儿，它们在说什么

我听着它们，

却永远也难以明白它们的心思
鸟鸣，同歌声混合在一起

同阴影混合在一起
凌晨四点
梦，悬在空中
词语，在重新组合

2013 年

雪下着

雪下着
渐渐的白，扩张的白
白得有点耀眼，白得有点专制
你需要戴上墨镜
才能去注视那大片的白
那大片的白，忽然就变成了紫
葡萄的紫，眼含的紫
酒，停留于内心
是光在变魔术，是光与雪在合谋

空中

一个声音，坐在雪片上
漂浮着，降落着，在湖面，投下紫的影子
忽然的静

2013 年

远　处

一个声音
就能把远处拉近。或者一滴雨
仿佛某种提示：动和静
或者早晨的空茫
你用油菜花和风将它填满
或者桥边的船。等待
风景与风景的对接。梦和灵魂
肯定在飞。而你在走
就在水边，就在田埂上。或者
三清山的峰顶。光躲藏在雾里
融入紫色的基调。那么多游客
拥向同一块石头。你却走开
远离女神和膜拜。或者雨后的
微寒。季节在测试你的温度
或者婺源之夜。所有的星星

都闪着一个名字。新茶端上
酒杯举起。一个孤独者醒着
一个幸福者入眠。一个声音
就能将界限抹去

2013 年

风景背后

——献给昭苏草原

风景背后，那老妇端坐，如一尊
泥塑，干涸的泪融进土里，触动
几粒种子，唯有目光还在
挖掘，茫然，却又执拗……

顺着那目光，我们看到，
曾经的青春和不曾经的爱情
在阵阵的回声中枯萎
连同记忆，连同梦，落叶般飘零，
风吹雨打，最终化为
一些叫得上名和叫不上名的花儿
用最卑微的芬芳
装点着世间最香的边境

我们看到，那么多双手伸向高处，
擦亮天空和星星，擦亮
游客的惊奇，再缩回
草原深处，唯恐皲裂的皮肤
和粗陋的青筋会损坏
薰衣草营造的形象。而不远处的

河水，似隐约的哭泣，一刻不停，
翻山越岭，为一代代的牺牲
吟唱安魂曲。风景背后，松拜
像一首暗藏针尖的民谣，
叩击我的心扉，又刺痛我的骨髓

2013 年

那些重新走近的辰光

风吹着，吹着，就吹开了一片岁月
五月，在祖国的另一端，遥望故乡
是怎样的结，一遍遍地
让它们分开，又聚拢
童年和少年，被一个个身影

拉近，再拉近，一瞬间
回声和脚步重叠，竟长成了竹林

我看着你，你也看着我，好吗
太早了，世界还没醒来
光线幽暗，前方总是朦胧
我们索性往回走，走到
那些穿开裆裤的辰光，打弹子的
辰光，拍烟盒的辰光，吃大饼油条
和阳春面的辰光，在课桌上
划分界线的辰光，头一回和女同学
说话脸红的辰光，做春梦的
辰光，看禁书的辰光，在弄堂里
读英语的辰光，偷偷骑大人
脚踏车的辰光，夏天游水的
辰光，凌晨五点起床
去参加农忙的辰光，到部队农场
看露天电影的辰光，渴望着
穿上军服当小兵的辰光……

那些辰光，漂浮着，在江南的上空，
在太湖边，在古镇上，在梦中
在老同学酒杯与酒杯的相碰之间
在班主任老师的笑容里
茉莉花般开放，如此的亲切

如此的纯真，却又迅疾消逝

世界还没醒来。你看着我，我也看着你

2014 年

子夜，雪

子夜，刚要拉上窗帘
便看到了那飘舞的雪。是天空
在变魔术吗？我不由得问
已经等待得太久，在这暖和的
冬季，以至于忘记了等待

雪是上帝开出的通行证
我一直坚信，一下雪，春天
就会整装待发。那么
此刻，我终于可以弯下身来
听听种子的呼吸
感受花开的战栗。我终于可以
沿着一行神秘的足迹，重返
久违的童年。十岁之前
在南国，除了电影里，我还

从未见过雪，真正的雪
因此，天天都在巴望着下雪
天天都在想象着下雪时的情形

很长一段时间，我甚至想：
如果下雪，我会冲出门去
迎着雪，接着雪，再堆个雪人
做成隔壁阿玲的样子，我会
整天陪伴在她的身旁
把自己的心思统统讲给她听
只讲给她一个人听

2014 年

七月隐喻

偏偏在七月，
偏偏当炎热和雾霾占领日常，阻隔气流，
城市的体面丧失殆尽；
偏偏当水堕落，栅栏竖起，
语言让位于金属，呼吸成为奢求；
偏偏当城墙下陆续出现片片暗影，
时光倒流，旧梦重现，可唐朝永不复返；

偏偏当你即将关上窗户，不再理会
随意的鸟鸣和肆意的噪音时，
一份邀约抵达，似魔法，又像暗号，
只在瞬间招了招手，
就将远方变成近旁，变成一场典礼
和八条路径，同时敞开，通往特克斯，
通往喀拉峻草原，通往文学的新家
触手可及的蓝在头顶闪烁，
天生的蓝，童年的蓝，夜晚十点还在守候的蓝

仿佛听到了绝对命令，我们甘愿为云输送给养
甘愿俯下身来，倾听并翻译草的私语，
甘愿坚定地站在马儿一边，
用凝望抹去时间的轻和重，
等待星空、篝火以及翩翩起舞的女子，
等待阿苏迷惑却又深情的歌声
为我们做证：至少此时此刻，
这世界依旧完整，健康，犹如
那一只只白色的毡房，草原的乳房，
饱满，性感，温暖，溢出万种风情……

可当我踏上归途，陷入追忆，
这一切的一切，
听起来无论如何都像是个隐喻，无限的七月隐喻

2014 年

树在走

树在走，我在走
水中的影子在走
一步，一步
没有印迹，只有心跳
走，就是心跳，也是呼吸，也是唤
绕湖两圈，三千声的唤
我在唤，水在唤。时间诞生了
风寻到了理由
一个名字，升上云端
又静静降落，敲醒石头的梦，花开，说春的私语
在湖面，映出天空的脸；从酒里，提炼葡萄

把那本书打开，所有的字在瞬间消失
世上最深情的空白。唯有你懂
简单的光。暖暖的。仅仅一个眼神
走，义无反顾地走。远处，雪在飘，雪也在走

2014 年

冬夜，梦游

两瓶小二锅头
也没能唤醒丝毫的暖意
这冷得要命的冬天

风中，依然在想那个夜晚
依然在想你，从天边的石头城
跑到北京，来到建国门五号
挽起我的手，沿着长安街走

我们走过国际饭店
走过妇联，走过东单
隐隐约约，听到了进行曲
夜色里，东方新天地
像仪仗队，用灯火行注目礼
我们走过王府井，南河沿
下意识地挥了挥手
就来到了天安门广场

突然，仿佛有人发出了暗号
我们同时停住脚步，转过身
正对着毛主席像

紧紧地拥抱在一起

有毛主席他老人家的
凝望和祝福
有持枪卫兵的保护
我们的拥抱多么温暖
多么安全，又多么庄严

那一刻，我甚至产生了冲动
想模仿毛主席当年的样子
穿上中山服，拍着手
款款地登上天安门城楼
用颤抖的声音
向全世界宣布：
中国人民从此站起来了

那一刻，起码你会为我鼓掌

2014 年

开化，花开的时刻

一

雾霭中，那一声呼唤
犹如一道密令，只需转过身来
我就站到季节的前沿，就用水
洗净淤积的尘土，逃离般
奔向开化，迎接温暖的宿命

二

一缕缕光，源自根
又照亮根，照亮夜色和夜色中的
绿意。叶子竖起耳朵，佛的呼吸
以雨的方式，融入时空，融入
一朵朵秘密开放的花

三

兴许佛知道：存在着一份默契
在那双手和那些根之间；存在着
一个意志，深入根的内心，读懂

他们的渴盼；存在着一条小径
经由根的曲线，直抵天空的蓝

四

而水常常就是光，就是口音
就是酒，就是另一种根，滋养着
我的乡愁，就是最深刻的静
在子夜时分，踏上另一片土地
寻觅自己的故乡

五

但佛不语，只是微微笑着
微微笑着，就听见雨叩门扉，
就能把远处拉近，再将虚空填满
根在发力吗？到底根是佛，抑或佛
是根？佛晓得，但佛不语

六

一刹那，童年再现，琴音传来
我们重新启程，循着一条江的
气息。雨中的油菜花召集起
全部的清新和芬芳，只为了向根

致敬：江也是有根的，江的根名叫源头

七

开化，花开的时刻
根的凝视，让游子一再地
停留，用心跳替代祝福
开化，花开的时刻
少女挥笔在水上写下：花开见佛

2015 年

虚空：哥哥

那虚空其实一直在扩张
在节日的门槛终于
扩张到压迫心脏的地步
那虚空其实就是天空
充满你纵身一跃的背影
如此的沉重，像座大山
悬于头顶，同时又单薄得
能被一缕风刺穿

哥哥，我的哥哥……

此刻，那虚空其实就是
不过也得过的年，就是酒杯
举起又放下，就是夜色一次次
被烟花和爆竹点亮，我却怎么
都看不清你，就是电话线的那一端
你总是爽约，用沉寂替代新年问候
天空太高，世界太冷。此刻
那虚空其实就是你，也是我
独白站在黑暗的中央
想拼命地喊你，却发不出任何的声音

哥哥，我的哥哥……

2014 年

忧伤的恋歌

——高兴译诗选

耶胡达·阿米亥

耶胡达·阿米亥（Yehuda Amichai，1924—2000），以色列当代最有世界影响的诗人。他善于采用鲜活的希伯来口语和现代英语诗歌的形式，以看似简单，实则深奥的意象，揭示人类的基本境况。幽默中透出怀疑的目光。主要诗集有《现在和其他日子》等。

再试一次

我的尖叫制作得
像把精密的钥匙，
用它
很难打开世界。

来吧，再试一次，
树叶蓦然沙沙作响，
它们要比我们早一步
感觉到风。再试一次，
还有扇后门。从花园试试。

兴许一场平静的、令人信服的谈话
会创造奇迹，让岩石流水，
不是撞击；只是交谈！

忘记某人

忘记某人，就像忘记关上后院的
灯，于是，它一整天都亮着。

然而，恰恰是那光让你重新记起。

我认识一名男子

我认识一名男子
每每做爱时，
总是从窗前拍下他所看到的景致
而不是他所爱的女人的脸。

曾经，一场伟大的爱

曾经，一场伟大的爱将我的生命切成两半。
前一半继续扭动
在其他某处，犹如一条被切成两半的蛇。

流逝的岁月令我平静，
治愈了我的心灵，给我的眼睛带来安宁。

而我就像某人站在犹地阿沙漠，望着一块路标：
“海平面！”
他看不见海，但他知道。

就这样，无论何处，我都会想起你的脸
每当走到你的“脸平面”前。

约娜·瓦拉琪

约娜·瓦拉琪（Yona Wallach，1944—1985），以色列当代诗坛一位极具个性的女诗人。她在诗歌创作中拒绝接受任何束缚，敢于打破一切常规，用一种近乎危险的速度，表现各种微妙复杂而又大胆赤裸的情感。

父亲和母亲出去打猎了

父亲和母亲出去打猎了，
我独自一人。
父亲和母亲在美妙的猎场，
我做什么呢？
父亲和母亲正在打猎，
父亲和母亲正在猎取严肃的野兽，
他们从不捕猎有趣的野兽
像獾或兔。哈！
父亲和母亲在丰饶的猎场，
我厌烦又懒散。
父亲和母亲是永远的猎人，
我正待在房子里。房子是什么？
父亲和母亲的全部过去
对于他们都无关紧要当他们打猎时。
而我也被当作一件纪念品存放着，
可总是会有另一件更加可爱。

两座花园

一座花园里所有果实又黄又熟，一派滚圆
一座花园里杂草丛生，瘦树林立
当圆花园感到瘦花园时它感到滚圆
当瘦花园感到圆花园时它感到纤瘦
圆花园需要瘦花园
瘦花园需要圆花园
圆花园里导管上下伸展从每一个果实
瘦花园里处处都是方向标志
瘦花园没有音响
圆花园需要宁静
瘦花园渴望音响
当圆花园感到瘦花园时
音响传到果实的桂冠，没有攀上导管
圆花园过着各色各样的生活
当瘦花园感到圆花园时
它那真正的标志撞击着真正的果实，创造出音乐
就这样瘦花园开始默默地默默地演奏。

我的罪孽

哦邦妮看看我的罪孽
它们一一站起就像没完没了的孩子
站起在蓝色的洞穴带着蜡烛和手电
它们将去何方又将从哪里归来
一场风暴将离去一场风暴将返回
我的情感将离去而又返回哪怕是从反面
哦邦妮看看我的罪孽它们全都
像没完没了的孩子它们将离去它们都很可爱
我的记忆将离去而又返回吗?
返回如我，一个孩子，永远从我到自我
这样我将首先在此记住我这样我将爱我
这样用不着费劲我就将在此构建我——幸福。

约娜坦

我在桥上奔跑
孩子们在后面追赶
约娜坦
约娜坦他们叫喊

一点点血
就一点点血为了甜点心
我同意在拇指上扎个针眼
可孩子们仍不满足
而他们是孩子
而我是约娜坦
他们用一根唐菖蒲枝割下我的头，用两根
唐菖蒲枝夹住我的头，然后
将我的头
包在沙沙作响的纸里
约娜坦
约娜坦他们说
真的原谅我们
我们从未想到你是那样的。

阿吉·米斯赫尔

阿吉·米斯赫尔（Agi Mishol，1947— ），以色列著名女诗人。她的诗率真，富有挑衅意味，完全摈弃怜悯，同传统意义上的“女性诗歌”分庭抗礼。她常常在诗中嘲讽古典诗歌的华美和雅致。独立精神，是她诗歌和人生的双重追求。出版过《内心旷野》等诗集。

告　白

我比看上去还要麻木百倍。
如此众多的面孔中，我忘记了
自己的面孔，用那个瞬间发明的
所有赝品塞满空白。

可我又写下了这些，
仿佛拿遣词造句的鹅毛笔中就有赦免，
仿佛头脑真能在幽暗的迷宫中
理清万事万物。

而我最最信赖他——
这座高傲的灯塔在我身上忽隐忽现，
将自负的光投向我那些
起航去黑暗中探索的英勇的船舰。

正是因他我才克制住自己，
不让一个孩童愤怒的后背转向生活，
那孩子敞开并（哦，那个瞬间）落入
放声叫喊的胸怀。

当柔软的天使羽衣

（我是一个一半长着乳房
一半长着即将勃起的
阴茎的天使）
当柔软的天使羽衣在我体内发芽，
我没有惊奇，
没有波动，
只是离开此地
到灵魂搬去的地方
死去一会儿。

可除去肉体
灵魂没有出路。
半夜时分我在
广场上徜徉
直到我随着城市
随着大海的哼哼声而渐渐暗淡
直到两片黎明的矩形
在窗前出现。

转身到萨福诗中憩息

闪烁的群星下
我们懒懒地躺在凉凉的石头上
咬着苹果
将荣誉献给所有
来到我们大腿间休息的
亲爱的人。
我们细细
谈论着爱情
谈论着让我们变得贪得无厌的生活，
谈论着那棵树，
那可是座绿色的喷泉。
她美丽的头紧挨着我的头
她的鬈发落在我的发中。
她在说
我在说
我们的咯咯笑声溜进了
葡萄树，
葡萄树的芬芳
在我们身上缠绕。

内心旷野

此处
内心旷野
我带着录音机在草地上放牧
我捡起一根枝条
劈开一只石榴
对狗吹响口哨

在给予我鹅叫声的事物清单上
我又将今晨唱《比利节之歌》一事添上
我如此孤独。

午　觉

我的渐渐发胖的猫
在我裸露的腹部伸展。
胚胎在她的腹部
和我的腹部之间颤动。
兴许是我的，
兴许是她的。

时光令人困倦。

伊兰·舍恩费尔德

伊兰·舍恩费尔德（Ilan Shoenfeld，1960— ），以色列著名诗人。爱是他诗歌的基本主题。他诗中的爱内涵极为丰富：作为个人经历的爱，作为形而上概念的爱，作为宇宙秘密和核心的爱，作为生命之轮推动力的爱。他的不少诗作大都描写挚友离世所带来的空虚，这些诗作具有自省色彩。出版过《始于爱》等诗集。

走进黑夜

他们在世上别离
各自伴着黑夜
各自伴着死亡

——保尔·策兰

我在走。而且永不复返。
我细细阅读写下的一切，
这那儿，人人都聚集到
自己的安息地。因为今天
骤然出现。不再来临。

我懂得痛苦，因为我重又
离开了你。我被推向
冰冷游移的光线。

同它一样，我摇曳不定。谁
能担保此次我依然
能从宇宙中解脱。

珍重吧。于我，你曾是一颗
星星。此地，黑暗
返回，并将我包围，此刻。

重重思念

一

瞧，夜已降临。幽暗装饰
光波动着
一如死者故居的帛布。

那里，回声荡漾
它们是过去的音符
如今变成编造的故事
恰似整个寰宇——

重重思念
化为一颗星星——

因此，它也会回到

世上，我们留在这里
为了从近似中抹去距离。

二

我携带着你。
我死去的朋友，
像一颗种子，
在我体内成熟。

无 言

我见到一切。悲哀走进我心里。
我无言以对。

蓝柱依然在走向粉柱，
它们中间，伸展的梯子依然透明。

当你离去时，你的眼里含有哭泣，
我的手，没有搭在你脖子上，落到一边，
落在椅背上，默默憩息着，
犹如天使干枯的翅膀。

神灵之境

沉沉黑夜。他描绘一个世界
在空空的地基前，
上升到梦幻时光，融入
忘却之中。

“显然你已离去，”对着眼角中
他那战栗的存在
我平静地说，“但我渴望你的肉身。”

他咬着嘴唇，露出一缕悲哀的
微笑，望着我，答应
他会回来。他还会回来的。

仿佛用符号语言勾勒动作，
我学会同漫游者交谈，
在神灵之境，在世界稀薄的停顿中。

利亚·阿亚隆

利亚·阿亚隆（Leah Ayalon），以色列著名诗人。她的诗绚丽、奇特，常常揭示自我的各个隐秘的侧面。她喜欢描绘紧张激烈的情景，不断使用暴力意象，表达一种渴求被强悍男子征服的欲望。她的诗歌世界充满性欲和反常的激情。已出版《水下》等诗集。

禁　地

夜，夜正降临
没有音乐，无所事事。
我那受惊的自我锋利了涤纶的褶子
桌布在桌上散发出
成熟的、淡绿的猕猴桃的柔软
厨房里，刀刃疾速起落
柔软的猕猴桃片
视网膜似的
堆积在案板上。
油迹斑斑的烤箱中溢出的
　　潮湿的烟雾
烤面包的香气
朗姆酒和烟卷味。
此处无门。
关闭。
烟雾中一只鸣禽
站在小小的灯光舞台上
鸣唱，恰如一个
将在海上漂流的内胎
而一只鸟儿系着围裙，笨手笨脚地
上着朗姆酒和饮料

她的胸部切割着烟雾。
然而
夜，夜正降临
但我依然找不到门。

第二女人和不安全感

我在替代别人
为何注定我要替代别人
而永远成不了第一。
她淹死在海湾
而我不得不替代她。
她那鸦片的芬芳四处飘溢
仿佛要引发焦虑。
墙壁敌视我
树特意
长满了蠕虫。
这一切你并不知晓。
你会爱我吗?
我实在无力扮演她的角色
我不明白你为何选中我。
你不在时
我跑到海湾

跑到那片点缀着臭甘菊的草地
一阵鞭子般的西风拽住它们
仿佛一个孩子在驱赶着它们。
它们退到岸边
退到海的受虐和大笑之中，
多么远这有多么远。
我长时间不让自己
　　病倒
谁会照料我。
然而，夜间
床上
为何偏偏注定
要我充当第二女人。

戈兰·索内维

戈兰·索内维（Goran Sonnevi，1939— ），瑞典著名诗人和翻译家。富有社会担当和干预意识。常常在诗歌中直面现实，直面生与死等重大问题。已出版《莫扎特的第三大脑》等数十部诗集。

无　题

一

我目睹的并非生命的脆弱，而是
它那荒唐的中断，几乎在某种理解中
这种绝对的顿挫对所有人
都一样长短，没有等级，没有区别

这就是时间，死亡连续地融入
随后，存在的依然是生命
一个人在世时活多长，死后也许
同样能活多长，关于这，我们一无所知

关于生命和死亡，我究竟知道些什么
你可以询问，可我却不断得到答案。这就是
谜。我看见一个生命死去，我的

朋友中的一位。这是毁灭的时刻，非常
清楚。然后，没有别的什么
而我依然活着，在爱的存在里

二

现在，我看见那死者怎样
在笑我
笑我的天真，笑
我的笨拙

他笑得有道理
我不生气
我也笑他
在这方面，我们

是兄弟；我早就
知道，我们有着
同样的脆弱。当

黑暗洪水般
来临时，死者照亮了
我的四周

三

我在夜空下行走
星星遥远，陌生
痛苦的归宿

实在值得怀疑，我

想，在我的远离中
死亡之海不过如此
创造君临一切
如此贴近，无边无垠。那么

它也就没有时间？不！我
不这么认为。时间是不可知的
源泉的一部分

我们将它命名为时间，还是
别的什么，这并没有多大的
关系。这就是存在

伊耶什 · 久拉

伊耶什 · 久拉（Illyes Gyula，1902—1983），匈牙利当代具有代表意义的抒情诗人。他巧妙地将民歌传统和欧洲现代抒情诗表现手法融为一体，创造出一种崭新的现实主义诗体。主要作品有《沉重的土地》《废墟上的秩序》等。

地球上

抚摩你年轻的身体，
我的手便在
抚摩世界，
抚摩大地，
抚摩宇宙万物。

空中，瘢痕点点的月亮
银河中的撒哈拉，
似乎不再遥远，
也不再用冷漠
回答我双臂的召唤。

重重忧虑已无法把我缠绕，
只是因为，纵然绝望，
我也拥有神圣的尺度——

我的预感逾越一切，
跨过冰冷的地域，
抵达心灵难以企及的远方——

我还将建造一座房，

充满女性的气息，
比星辰更为长久的光
将洒在它的床头和窗前。

泽尔克·佐尔坦

泽尔克·佐尔坦（Zelk Zoltan，1906—1981），匈牙利著名诗人。他一生坎坷，曾多次被捕入狱。经历使然，其诗带有浓厚的悲剧色彩。主要诗集有《内心的怨言》《傍晚垂钓》等。

孤　独

荒芜的下午，
一天中人们难以穿越的沙漠。
黄昏的凉爽呢？夜晚呢？
为了谁，你那蓬首垢面的
仆人，你孤苦清寒的影子
将房门敞开？

为了一堆烦冗的记忆。

就这样

就这样她对我讲起亚斯贝雷尼的家，
讲起那间兼作鞋铺的厨房，
就这样她谈论起她那总在敲敲打打的父亲，
她那即便嘴含着木钉仍在哼着歌的父亲，
就这样她来到佩斯，一个未婚的孤女，
就这样她曾旅行到了巴黎，
就这样她踏上街车，在早晨，
就这样她从市场上买到了新鲜青豆，

就这样她理直衣裙，
在剧院的门厅，
就这样她躺在床上，在我身旁醒来，
就这样她走出浴室，那么优美，
就这样她久久凝视着我，
透过窗口，透过一千八百里浓浓的雾霭，
就这样她看着我痛苦的双足
艰难地行进在布雷场上，
就这样她用头发覆盖着我的脸
挡住了他们的视线，让我贴近她的乳房，
和我一道穿过燃烧的夜晚，
穿过燃烧的围墙，穿过燃烧的街道，
就这样，一旦需要，她会变成
火焰中的火焰，青草中的青草，就会变成绿荫，
就这样她那紧闭的双唇仍在喃喃絮语，
就这样她为我唱起舒伯特的
《万福玛利亚》，
就这样，面临重重屏障，
她仍然设法越过牢墙来到我的面前，
就这样，今天早晨，在逝去了二十年之后，
她领着我们的狗走进我的房间，

因为她总是知道我在哪里散步，在何处生活。

弗勒什·山多尔

弗勒什·山多尔（Weores Sandor，1913—1989），匈牙利著名诗人和翻译家。十四岁登上诗坛，受到读者和评论界的瞩目，被称为“诗坛神童”。在漫长的文学生涯中，创作了《寒冷》（1934）、《下落的土星》（1968）等几十部诗集。他的创作并不刻意追随某一流派，正如诗人本人所说，“我的诗就像一棵大树，枝条伸向四方，树根向下，树冠在上”，“忽而用传统的手法，忽而用现代的手段”。匈牙利动荡的历史经历使得大多数作家的心灵深处产生了一种漂泊感，于是，寻找精神家园便成了他们永恒的主题之一。

十二月

当北方的乌云
在上空弥漫，
我悠然地为自己
描绘一幅幅热带风景。

就这样我唤醒了
想象的温暖：
对画中的万物
都感到心满意足。

法　宝

为了走开我走开
为了留下我留下
为了留下我走开
为了走开我留下

为了奔跑我奔跑
为了停止我停止

为了停止我奔跑
为了奔跑我停止

为了起立我起立
为了就座我就座
为了就座我起立
为了起立我就座

为了诞生我诞生
为了死亡我死亡
为了死亡我诞生
为了诞生我死亡

博莱罗舞

我们全都离去，从摇曳的树林我们全都离去，
在潮湿的天空下，我们，聚到一起的人，全都出发，
涉过荒原，走向干燥的天空下的某个地方；
有人依然回首，月光在我们的足印里移动，
最后我们全都离去，阳光也远远地落在后面，
我们走着，在星星的后面，在天空的铁环上，
塔顶的上方，有人依然回首，渴望目睹
花园中掉落的苹果，或红色遮篷下那紧挨着

房门的摇篮，但时辰已晚，让我们走吧，
当钟声鸣响，我们全都在从容地行进，
总是以不同的方式跟随满天的星星，在平原的
围墙上，我们，最后聚到一起的人，全都离去。

哀　求

无形的环状光带，天火在上面旋转，
在你的下方，我蚂蚁似的驮载着一口食物，

不堪那嫁妆的重压，我骤然倒下。
真希望能拥有一线你的力量，环行的星星。
哦，未知担子的分量！从永恒你已然知晓，
你背负着它，从永恒到永恒，并不感到害臊。

就这样你勇敢而优雅地转动起整个世界！
而我只是你矿产的一小片：我又有什么能量？

肖姆约·久尔吉

肖姆约·久尔吉（Somlyo Gyorgy，1920—2006），匈牙利著名诗人、翻译家和文艺评论家。捍卫人道主义，揭示人性的种种可能性，是肖姆约在诗歌中孜孜追求的目标。主要诗集有《逆时代》等。

猫的一万种生存方式

一、……作为艺术家

在她的利爪间
一切都活了
失窃的内燃机船
酒瓶上剥落的锡箔
吸尘器未能吸进的灰尘
垃圾箱里扒拉出的垃圾
并且因她的扫视
因她的运动
因她的亲近和疏远
犹如自行车车座
在毕加索的手中
而变成她的敌人和伙伴
她的猎物和祈祷
鼠和蛇
她的天堂和尘世的第二自我
她的施魔者和中魔者
她的命运和化身
她的上帝和禁忌
她自己的镜像

她的活创作

三、……作为实体

总处于她自己的顶点
总处于她自己的极端
就像人们只有在
完美的放松
完美的关注之后才懂得完美
自信地伸展
伸展到身长的一倍
怀疑地蜷缩
蜷缩为体积的一半
凭着唯一的热忱
她奔跑
奔跑在最为宁静
与最为活跃这两种状态之间
她的道路畅通无阻
从存在，到虚无
从虚无，到存在

八、……作为圣徒

她挺直身子在地毯上
然后款款地

以规则的动作
（一万年的动作）
躺下
进入静态
自己创作的静态
在房间的中央
她回忆着
自己圣洁沙漠上
那些禁止触动的戒律

十、……作为猫

所有拟人的
外表她都抖落
从那深不可测的皮毛
于是，她成了地地道道的猫
不要在猫身上
寻找你自己
而要在你自己身上
发现猫

写作活动的寓言

驱除绝望，我便可以写作。
写作，我便可以驱除绝望。
难道必须彻底摆脱绝望，我才可以写作？
难道必须完全依赖写作，我才可以
　　　　　　　　　　驱除绝望？

一朵花的故事

在屋里我一会儿踱步，一会儿静坐，
　一会儿翻书，一会儿点烟，
　一会儿呷茶，为了寻找恰当的字眼……

硕大的粉红色的牡丹开放在花瓶，静静的。

我抓起一件衣服，冲出门外，去处理
　一些事情，一些我认为十分重要的
　事情，然后回到家中……

花瓶中的牡丹转过身来，丰满的花瓣

正在把我凝望。

它久久地凝望着我，不知疲倦地凝望着。
眼睁得大大的，大得犹如巴黎
圣母院的那些玫瑰花窗。

我该如何表达自己呢？

牡丹并不需要自我表达，它就是它，
既不做作，也无装饰。于是，它竟
变得如此可爱，如此美丽。

它简直是情感的化身。当我走近时，
哪怕最细微的足音都使它颤动不已。

难道我爱慕这既无意识，又非人性的
植物的生命？

不，我仅仅渴望着生存，渴望着像牡丹
那样自然地生存。

我并不想成为一朵花，但我愿以
花的方式来做一个人……

哦，伟大的、粉红色的牡丹。

比林斯基·亚诺什

比林斯基·亚诺什（Pilinszky Janos，1921—1981），匈牙利著名诗人。第二次世界大战前后，曾被征入伍前往德国。他的许多诗作以立体感极强的画面表达了诗人对战争，以及法西斯的厌恶。主要诗集有《吊架与单杠》等。

低潮时刻的庆祝

在猪圈的血迹斑斑的温暖中
谁还敢阅读?
当天空处于高潮
地球处于低潮时
又有谁敢
从洒满落日余晖的田野出发
走向远方?

谁敢
闭着双眼，一动不动地
站在那最低点?
那里
始终停留着一次手的轻拂
一片屋顶
一张可爱的面容，或者仅仅
那只手，一次点头，那只手的动作。

谁能够
安然地缓缓沉入
一种梦中?
这种梦充满了孩提时代的

痛苦，并仅凭一掬水
就让整个大海升起在他的面前。

托尔纳伊·尤若夫

托尔纳伊·尤若夫（Tornai Yozsef，1927— ），匈牙利著名诗人和翻译家。他的诗作受古风诗和民间诗的影响较深，也在很大程度上受到西方先锋派的冲击。主要诗集有《太阳舞》等。

我们祈求

你如桃李般展现，
远胜于桃李，
你如波浪般展现，
远胜于波浪，
你如书籍般展现，
远胜于书籍，
你如伤口般展现，
如纹理上的裂痕，
如干燥的、皲裂的土壤，
你像我一样展现，
我像你一样展现，
敏捷的牡鹿突然降临：
一只鹿角上是陷于泥沼的坦克，
另一只上是燃烧的城市的眼睛，
一只鹿角上是绳子拴住的婴孩，
另一只上是癞蛤蟆，是一挺被埋在
蛛网般的人脚中的机枪，
一只鹿角上是教堂，是沦陷的广场，
另一只上是暴雨中的美洲椴，
一只鹿角上是月光下的小船，
另一只上是交织在一起的黑麦、窗口和林子，

一只鹿角上是你面容的年轮，
另一只上是我面容的年轮，
我们一起祈求
为了所有的时光：
别再撕裂我们的心脏，
太阳之神，
别再让黑暗把我们吞没：
仅仅这一次，
我们翩翩起舞，在这绿色的草坪，
仅仅这一次，
我们会变成石头，水，火焰，
变成女飞行员，男飞行员，
在你的面前。

你必须交出

你必须交出你的爱
当他们把她带走的时候
你必须交出
从头到足
连同她的呼吸
她的肤色
她的顾盼

她的深藏的思想
连同她穿衣和脱衣的神态
她的欢乐的闪现
她的抚摸
连同她被抚摸的身体
她对远方的向往
她深夜里的展现
连同她的疲倦
她那埃及式的大眼
和涂得黑黑的睫毛
连同她的喃喃絮语
她那腰肢的扭动
连同她的失望
她情感的波动
连同她亚洲型的容貌
连同她已知的
精确的生存
你必须交出

尤哈斯·费伦茨

尤哈斯·费伦茨（Juhasz Ferenc，1928— ），匈牙利战后一代的代表诗人。他对人类生存、世间万物以及历史有着广泛的兴趣，其诗歌写作有着浓厚的寓言体色彩。主要诗集有《饲养国》等。

黄　金

女人轻轻摸了摸
她那稀落的鬈发。笑着，
将一把汤匙和一块面包
丢进他们伸长的、肮脏的手中，
犹如玫瑰为水施魔，
一圈红红的细脖颈，
向着热气腾腾的圆盆倾斜；
芬芳的薄雾中盛开着鲜艳的鼻子。

他们那星星般的大眼
闪烁着，仿佛十个世界
掉进了自己的目光。
汤里，金洋葱戒指
正缓缓地缓缓地游弋。

白　银

在昏聩的老者的簇拥下
旅人迎着刺骨的寒风站定。

他的胡须结成冰凌，他的睫毛
好似无人性的白银般的半月。
他站在那里，看着马群，
马蹄下积着厚厚的白雪，
就像亿万颗彗星
将大片迷雾撒进了银河。
他的耳朵变成白银，头发变成白银。
马群禁不住抖动鬃毛和尾巴。白银，
天鹅绒鼻孔，热气腾腾的肋腹。

安娜·斯沃尔

安娜·斯沃尔（Anna Swir，1909—1984），本名安娜·斯沃尔茨申思卡，波兰著名女诗人。总是在以尽可能少的文字，讲述她的故事，肉体的，灵魂的，女人的，男人的，女人和男人的，女儿的，父母的，女儿和父母的，以及其他各种各样的故事。代表诗集有《快乐一如狗的尾巴》等。这些诗直接，大胆，简洁，异常地朴实，又极端地敏感，经济的文字中常常含有巨大的柔情和心灵力量，有时还带有明显的女权主义色彩。

门开着

不，我不想驯服你，
你会失去你的动物魅力。
你的狡黠和恐惧
让我感动，
这些特性适合你那奇异的种类。
你不会离去，
因为门总是开着，
你不会背叛，
因为我从不企求忠诚。

把手给我，
我们将在舞蹈中
穿越发出阵阵笑声的黑暗。
腿和手上
神圣的小铃铛，
一个舞姿，
柔软，恰如古老的阿拉伯字母，
发之歌，
在经典地跳动。

销魂的力量

织成秘密。
但又有点归顺，
像你。

第一首情歌

那爱之夜纯洁
一如古老的乐器
和它周围的空气。

丰富
一如加冕典礼。
它肉感，像劳动中妇女的腹部，
精神，
像一个数字。

它只是生命的一个瞬间，
却想成为来自生命的结论。
通过死亡
它试图领会世界的准则。

那爱之夜
有自己的野心。

她和我

在我出生时，
母亲的血
从腿间流出。
我们俩都在受苦，
她的超过我的。

在她死去时，
母亲的血
从腿间流尽。
又一次，我们俩都在受苦，
又一次，她的超过我的。

一如野猫的舌头

我们的爱粗鲁
一如野猫的舌头

我们做爱
在火焰的吊床上，

在太阳亮堂堂的
内脏里。

我们做爱
犹如两只食肉鸟
在那个电击瞬间的
窠臼里。

我们做爱
在沉默中。

孤　儿

夜里来找我时，
你是一头野兽。
唯有夜晚
能让一个女人嫁给一头野兽。
你兴许是一只野山羊，
或者一条疯狗。
黑暗中我难以看清。

我喃喃地说着一些甜蜜的废话。
你听不懂，因为你是一头野兽。

你永远都不会明白
我为何会叫喊。

可你那野兽身体
比你更懂我。
它也那么悲伤。
当你呼呼大睡时，
它那毛茸茸的温暖安慰着我。
我们相拥着睡在一起，
就像两个成了孤儿的幼犬。

爱让爱的人分离

你嫉恨
你给予我的迷恋，
因为我用那迷恋
背叛了你。
你只是将它当作水脉给了我，
它却在我体内
发掘出一条河。

这条河带着我
抵达你无法抵达的地方，

那些你永远难以体验
永远难以理解的
天堂。

我们用不同的语言
唱着我们的情歌，
我们陌生，又充满敌意。
你的肉身只是迷恋
我的肉身的工具，
我的肉身远比你的
更加崇高。

我不会在你体内淹没。
只愿你在我体内淹没。
我那大笑的自我
是我的武器，我的裸体的装饰，
我的救生圈。

皮肤让两颗跳动的心分离，
爱让爱的人分离。
一首优美的夜之歌，
一首搏斗之歌。

第二首情歌

爱之夜
精致，一如老威尼斯
那些精致乐器
演奏的音乐会。
健康，一如小天使的
屁股。
聪慧
一如蚁冢。
鲜艳，一如吹入
喇叭的空气。
充裕，一如端坐于
金子宝座上的
黑人国王夫妇的
统治。

与你共度的爱之夜，
一场宏大的巴洛克战斗
以及两次胜利。

关于我父亲和母亲的诗（组诗）

一只纸衣箱

父亲那时十六岁，
在床下藏着一只
带窟窿眼的纸衣箱。
衣箱里有一件脏衬衫
和许多政治传单。

复工之后
他将传单散发到指定地点。
同事们正在油漆剧院顶棚。
他总在脚手架上
跳跃着，地面
在下，
头向前。
他那时十六岁。

父亲总是想起

整整一生，父亲总是
想起一九〇五年

革命，想起他怎样
和同志们一起递送传单，
当一切开始时，
怎样身处蘑菇广场，
站在他右边的人
怎样从衣服下掏出
一面红旗，而左边的人——
一支手枪。

他怎样在元帅大街
游行，忽然哥萨克的
袭击，头顶上
马蹄，他在逃离，
一个哥萨克砍下了
他同事的手臂，手臂掉在
人行道上，另一个哥萨克
砍下了一名妇女的
头颅，父亲在逃离，
他不得不逃到
美洲。

父亲总是唱起
一九〇五年的歌，
一直到死。
现在

我唱。

我母亲，斯塔夏小姐

当母亲在奥斯特罗文卡城
教堂街上行走时，
那些犹太老妇们
禁不住啧啧称赞：
这是个天使。

她在诗琴演唱团
唱女高音。
英俊的拉琴斯基先生
想娶她为妻。她解除了
婚约。

他绝望了。
老天爷会为我惩罚你的。
上帝真的惩罚了她。
她嫁给了一个疯子。

穷人汤

华沙的大街小巷
滚动着济贫餐车的轱辘。

穷人们排着队，
站在华沙街头
为他们点燃的篝火旁
取暖。

这是第一次世界大战。
母亲戴上头巾，
遮住脸，到街上
去排队领
穷人汤。

母亲唯恐
让门房的老婆看见。
毕竟，母亲是
一位艺术家的妻子。

一位艺术家搬迁

拂晓时分
我们蹑手蹑脚地离开。

父亲提着画架
和三幅画，母亲
一只箱子和外祖母传下的
鸭绒被，我

一口锅和一只茶壶。

我们将所有这些装上大车，
快快快，
别让门房看见。
父亲
拉着车，快快快，
母亲在后面推，快快快，
我也推着，快快快，快快快，快快快，
别让门房看见。

我们欠着
半年的房租。

白色的结婚拖鞋

夜里
母亲打开一只箱子，取出
那双丝质结婚拖鞋。
然后用墨水
久久地涂抹着它们。

一大早
她穿着那双拖鞋
上街去排队

领面包。
气温十度。
她在街上站了
三个小时。

他们发给每人
四分之一条面包。

三块糖果

我饿得头晕目眩。
这孩子苍白如纸，
当我们走在街上时，
母亲对父亲说。

那就给我们每人买块夹心糖吧，
父亲说。
我没有钱，
母亲说。

她还是给我们每人买了块
夹心糖。
不管怎样，它会给你们力气的，
母亲说。

我们三人
都笑了。
我们品尝着。三座天堂
融化在我们嘴里。

我十一岁

我恨父亲的画。
我们的全部苦难都在这些画中，
还有母亲的泪。
它们蝙蝠似的
吮吸我们的血，索求
生命的牺牲，像上帝。

我爱父亲的画。
它们是我的兄弟姐妹，仅有的
同伴，在那间像疯子的挣扎一样
与世隔绝的画室。

家里没人时，
我让沾上墨水的手指
伸过蜡烛的
火焰。
我想成为圣徒，
我想赶上父亲的画。

我不知道
我恨，我爱，
我想赶上父亲的画。

我父亲，堂吉诃德

他没有载入
时髦画家的名册。
评论家们装作
不知他的存在。
天真如堂吉诃德
他试图
独自与世界搏斗。

我常说：他们将把你啄死，
你会输。

他输了。他没有载入
时髦画家的名册。

他没有从三楼跳下

第二次世界大战。
华沙。

今夜，他们朝剧院广场
投下了炸弹。

父亲的画室
就在剧院广场。
所有的画，四十年的
劳作。

翌晨，父亲去到
剧院广场。
他看见了。
画室没有了屋顶，
没有了墙，
没有了地面。

父亲没有从
三楼跳下。
父亲又一次
从头开始。

母亲重又歌唱

许多年来第一次
我听到她唱歌
在她外孙女的床边。

她唱着，斯塔夏小姐，
年轻的女高音，奥斯特罗文卡城的
美人儿，嫁给了
一个疯子。

她来道别

母亲死去的那天
她来
同我道别。

深夜，我听见
她的脚步声接近我的床
一步，
又一步。她在我头旁
站定。

我说：妈咪，
别出现，妈咪，
我的心会因恐惧
而破裂。

除了道别
我什么

也没说出

她的死在我心中

直到母亲死后，
我才惊奇地发现
我们并不是
一个人。
可又恰恰在那时，
比任何时候都更明显，
我们变成了
一个人。

她那活生生的死亡
长久地
存于我活生生的血肉里。
昼与夜，她都在我心中，
我在内心感觉到
她，像个孩子。

她的死将继续在我心中，
贯穿永远。

洗衬衫

最后一次，我洗着死去的
父亲的衬衫。衬衫
散发出汗味。从儿时
我就记住了那汗味。
这么多年，
我为他洗衬衫和内衣，
将它们在画室的
铁炉旁烘干，
他常常还没等熨好
就穿上了它们。

世上所有躯体中，
动物的，人类的，
唯有一个散发出那汗味。
最后一次，
我呼吸着它。洗着这件衬衫，
我永远
摧毁了它。
如今，
只有散发出颜料味的画
在他身后留下。

我们比他们活得久长

他将出席自己遗作展览
庄严的开幕式，依旧
穿着灰毛线衣，
站在我的身旁，
佝偻着，
但很精神。

谁都不会看见他。
唯有我会将他凝视。
他会说：
我们比他们活得久长。

维斯瓦娃·希姆博尔斯卡

维斯瓦娃·希姆博尔斯卡（Wislawa Szymborska，1923—2012），波兰女诗人。她一向对诗歌创作要求极高。“寻求魔幻的声音，感觉和思想所构成的和谐”不是一件容易的事，她说。在半个多世纪的创作中，也就发表过两百多首诗。1996 年，她获诺贝尔文学奖。评委会评价希姆博尔斯卡的作品是“绝对精确的反讽，融入了个人和历史的经历，使历史学与生物学的氛围表现在人类现实的琐碎片段中”。主要诗集有《呼唤雪人》等。

来自医院的报告

我们抽签决定谁去看他。
结果是我。我从桌旁起身。
探视时间差不多到了。

他没有搭理我的问候，
我试图握住他的手——他抽回了，
像只饿狗，不愿放弃一根骨头。

他好像羞于死去。
对他这样的人我不知说什么好。
就像电影剪辑，我们的目光匆匆闪过。

他没叫我留，也没让我走，
他没问起我们桌上任何人。
没问起你，布莱克。没问起你，托莱克。
也没问起你，罗莱克。

我开始头疼。谁为谁而死？
我称赞了一番药物和花瓶中的三朵紫罗兰。
我谈论着太阳，想着一些阴暗的念头。

多好啊，有架楼梯可以爬下。
多好啊，有道门可以打开。
多好啊，你们全都在桌旁等我。

医院的气味让我恶心。

三个最古怪的词

当我读出“未来”这一词时，
第一个音节已经属于过去。

当我读出“寂静”这一词时，
寂静已经被我破坏。

当我读出“虚无”这一词时，
我制造出某种事物，虚无难以把握。

钥　匙

曾有钥匙，但突然丢失，
我们可如何进入到家里？

或许有人会捡起那把钥匙，
他看了看，对他有何用处？
于是走开，将它扔在一旁，
就像扔掉一块烂铁。

倘若我对你的爱情，
也遭逢如此的情形，
那么，不仅我们俩，
整个世界都会失去它，
即便有人将它捡起，
也无法打开任何大门，
与其在那里摆摆样子，
还不如让铁锈将它吞噬。

不是纸牌，不是星星，也不是
孔雀的鸣叫安排了这种命运。

赞美我的姐姐

我的姐姐不写诗，
我想她也不会突然开始写诗。
她像母亲，没写过诗，
像父亲，也没写过诗。

在姐姐家里，我感到安全：
我的姐夫死也不愿写诗。
而且——这听起来像首新发现的诗——
我的亲戚中没有任何人从事诗歌创作。
在姐姐的档案中没有旧诗，
在她的手提包里也没有一行新诗。
当姐姐邀我吃早饭时，
我知道她绝对不会给我念诗。
她临时做的汤好喝极了，
不会有咖啡溅到她的手稿上。

有许多家庭，没有人写诗，
但若有人写诗——那也很少只是一人。
有时，诗会瀑布般飞洒到几代人身上，
在共同的情感上激起可怕的旋涡。

我姐姐练就一套相当出色的口语散文，
她的写作严格限于节日贺卡，
内文保证年年相同：
在她回来的时候，
会把一切的
一切
统统告诉我们。

格热戈日·姆夏尔

格热戈日·姆夏尔（Grzegorz Musial，1952— ），波兰新生代代表诗人。曾就读于格但斯克医学院。后来专注于诗歌写作。20 世纪 70 年代登上波兰诗坛。通过诗歌发出自由和反抗的声音。已出版《灰烬的味道》等数十部诗集。诗歌外，还从事小说创作和文学翻译。

此　地

此地。
此地，我生长。此地，我可以歌唱。
此地，我尝试。我失落。
此地。并非此桌。并非
此椅。甚至也非
此屋。

那些人。
他们信这。他们在此等候。
他们正是透过这些窗户一天天
监视着我。
一件可辨的衣裳。一次熟悉的漫步。
我每天都敲此门。

此地，
将世上
所有其他向我敞开的地方
彻底剥夺。

弗拉迪米尔·霍朗

弗拉迪米尔·霍朗（Vladimir Holan，1905—1980），捷克重要诗人。出生于布拉格，一个孕育了里尔克、卡夫卡、哈谢克等杰出作家的城市。当过小职员和编辑。1940 年起，离群索居，专事写作，从不参加任何文学和政治活动，只与少数挚友保持联系，在隐士般的生活中，留下了《弧线》《云路》等诗集。诗人似乎总是在轻声说话，语调柔和，姿态诚恳，有时在同自然、生命和宇宙交谈，有时干脆就是在自言自语，关心的永远是生死、存在、爱情、时间等话题。但他的轻柔的声音又有一种安静中迸发的力量，令读者去思索、去想象。他的诗还带有明显的唯灵论特征。

相遇在电梯

走进电梯。只有我和她。
彼此望了一眼。这就是全部的全部。
两个生命，一个瞬间，完美，欣喜……
到达五层时，她走了出去，而我继续往上。
我明白，这是唯一的一次相遇，
我们永远不会再见。
我明白，纵然我把她跟随，踏着她足迹的
也将是个死去的魂灵；
纵然她回到我身旁，带来的
也仅仅是另一世界的气息。

雪

子夜，下起了雪。此刻
厨房无疑是最好的去处，
哪怕是无眠者的厨房。
那里温暖，你可以做点吃的，喝点葡萄酒，
还可以透过窗口凝望你的朋友：永恒。
当生命并非一条直线时，

何必还要在乎诞生和死亡仅仅是两个点？
何必还要折磨自己，盯着日历，
探究生死存亡的时刻？
何必还要承认没有足够的钱
来买沙斯奇亚皮鞋？
何必还要吹嘘
你比别人受过更多的苦？

即使这里没有寂静，
雪也会凭空想出。
你独自一人。
省去姿态吧。无须任何表演。

星期天，下雨的时候

星期天，下雨的时候，你独自一人，
向着世界敞开。没有小偷光临，
也没有酒鬼和仇人敲响你的房门。
星期天，下雨的时候，你被遗弃，
没有肉体和拥有肉体的生活，
你都难以想象。
星期天，下雨的时候，你独自一人，
不想同自己聊天。

那一刻，唯有天使知道天上的情形。
那一刻，唯有魔鬼知道地下的状况。

书握在手里。诗即将出笼。

托马斯·萨拉蒙

托马斯·萨拉蒙（Tomaž Šalamun，1941—2014），斯洛文尼亚著名诗人，被公认为中东欧当代诗歌的代表人物。破碎，即兴，随心所欲，丰沛的奇想和强烈的反叛，有时又充满了反讽色彩、荒诞意识和自我神话倾向，而所有这些又让他的诗歌流露出神秘的气息。他是个艺术幻想家，又是个语言实验者。他注重诗歌艺术，但又时刻没有偏离生活现实。在诗歌王国中，他豪放不羁，傲慢无礼，鄙视一切成规，沉浸于实验和创新，同时也没忘记社会担当和道德义务。出版过《蓝塔》等几十部诗集。

安德拉斯

我的兄弟赤身露体
美若新春，他迈步穿过
大厅，用爱杀死
羔羊

我们用餐，并琢磨着这一意象

雪橇生锈，在冬天之间，天空低垂
变得潮湿
大地孕育草莓
士兵们站着，饥肠辘辘
在黄若黑夜的水仙中间，
一名清澈、纯净的警卫

百叶窗，关闭，拴紧
标示山路的人在森林和山中
哦，卡文山，空气里挤满天使

军用通道，面包，面包

哦，西比尔[①],分裂的变硬的色彩
坚定不移、恒久不变的痒[②]

鹿

悬崖，令人敬畏，白色的欲望。
水从血中涌出。
让我的外形变窄，让它碾碎我的肉身
以至于万物归一：矿渣和骷髅，一撮泥土。

你啜饮我。枯竭我灵魂的色彩
你舔食我，仿佛小船里的一只苍蝇。
我的头被涂抹，我看见
山如何被造，星辰如何出生。

你从我身下拽出你的山顶。瞧，我站在
空中。在你之内，排干，一切
都是我的。在我们下面，金色的屋顶向上弯曲，

---

① 古希腊、罗马神话中的女预言家。艾略特《荒原》引古罗马作家佩特罗尼乌斯的作品《萨蒂利孔》的一段话作为题词："因为我在库米城亲眼看见西比尔吊在 / 笼子里。孩子们问她：你要什么，/ 西比尔？她回答道：我要死。"定下了全诗虽生犹死主题的基调。西比尔有被撕裂的精神世界的象征意味。

② 英文"itch"一词，既有"痒"，也有"渴望"之意。

小宝塔长出叶子。我在丝滑的糖果中
轻柔，强韧。我拢起雾送入你的
呼吸，你的呼吸又流进我花园的神灵：鹿。

读：爱

读你的时候，我在游泳。像只熊——带爪的熊
你将我推入天堂。你躺在我身上
撕裂我。你让我坠入情网，直至死去，又第一个
出生。只用了片刻，我就成为你的篝火。

我从未如此安全。你是极致的
成就感：让我懂得渴望来自何处。
只要在你之内，我便是在温柔的墓穴里。你切割，你照亮，
每一层。时间喷发出火焰，又消失无踪。凝望你的时刻

我听见了赞美诗。你苛刻，严格，具体。我
无法言语。我知道我渴望你，坚硬的灰色钢铁。为了你的
一次触摸，我愿放弃一切。瞧，傍晚的太阳

正撞击着乌尔比诺庭院[①]的围墙。我已为你
死去。我感觉着你，我用着你。折磨者。你灭绝
我，用火把点燃我，
总是如此。而乐园正流进你摧毁的地方。

民　歌

每个真正的诗人都是野兽。
他捣毁人民和他们的言辞。
他用歌唱提升一门技术，清除
泥土，以免我们被虫啃噬。
酒鬼出售衣裳。
窃贼出售母亲。
唯有诗人出售灵魂，好让它
脱离他爱的肉体。

再一次，道路沉默

再一次，道路沉默，黑色的寂静

① 意大利马尔凯地区一座城墙环绕的城市，保留有许多风景如画的中世纪景色和文艺复兴历史文化遗产。

再一次，有蜜蜂，蜂蜜，沉默的绿色原野
河畔的杨柳，谷底的石头
眼中的山丘，动物体内的睡眠

再一次，孩子们躁动不安，汽笛里的血
再一次，钟里有铜，舌中的香息
旅人们相互致意，瘟疫加强了联合
野鹿在手掌之中，雪在闪烁

我看见了早晨，我多么匆忙
我看见皮肤在虔诚的尘土里
我看见快乐的尖叫，我们怎样走向南方
托莱多①男子，两个幼小的搭车人

景象清晰，花朵腼腆
黑暗封缄了天空，我听见一声呼喊
爱的时刻等待着，高大雕像的时刻
沉默、清晰的母鹿，梦幻般的欧椴树

① 托莱多(Toledo)，始于罗马时期的西班牙古城。1085 年从摩尔人手中解放之后，托莱多成为基督教文化的中心之一。有“Holy Toledo”（圣城托莱多）之习语，今意为“令人惊异的”等。

圆圈以及圆圈的论据

一

花，黄色的
花，
谁赠予你牛奶？

二

夜是紫罗兰色的，
刺是白色的，血并非血。
此刻，它朝鬼鬼祟祟的人流淌，
它躺在地上，
我坐着。
转折点在何处，捆绑血、滴
向血、躺在镶木地板上的
法则在何处？
血，你在地板上吗？
木头，你能感觉到吗？

三

我咬住你，全部的你，尘土。

一块石头飞进栗树

这些人手割刈小麦
抚摩，并鞭笞牛。

千千万万的
河流组成一个白色圆圈
还没有我的手指大。

阿尔萨斯人[①]的房屋坍塌。
钟的裙摆卷起
红色！怎么呢？
你在路上吗？你在步行
走进眼睛的路上吗？
是太阳派你来的吗？是它
推了你一把吗？

四

我忘不了你的名字，
风鹰
我并不了解你

---

① Alsatian，意为“来自阿尔萨斯（Alsace）的”。阿尔萨斯，法国东北部城市。

在鸟儿中间
我认不出你。

自然在深入挖掘
我镜子的金属。

笑吧！
透过一千零一
夜我看见了卷心菜
寒冷自云中垂落。

五

妈妈！
这里，一个男人
仰面躺在沟渠里。

勒死上帝，这样他才能睡得安宁。
得到休息。

空气进入皮肤。
直到死去方才罢休。
空气挤过。
直到遇到剃刀的锋利
方才罢休。

六

我是一个女人。
我用铅笔在薄
纸上画画
我刺穿纸的灵魂。
仅仅为栎木箱子涂漆。

此刻，我背上的小蚂蚁在我的拳头里。
它们在我的拳头里嘤嘤嗡嗡
这里暖和，那里冷。
是谁将它们灭绝?

坑道是一声汽笛。
长吧，长成一个巨人，
两个巨人。
你的肉身将覆盖牧羊人的灵魂。

七

美好的祈愿只是发明火车。
只是在第一天上帝坐上火车旅行。
唯有当他站起，唯有当他
伸展，唯有当窗户和金属门框
与（未受伤的）草混为一体时，记忆

才能持久。记忆是触摸。触摸是
永恒。

在大地的胸中，天才是沉重的痛苦。
它快乐地尖叫着。它拥抱着。通过它
人们听到真正的音乐。

让我们杀死无辜的孔雀。
杀死那有罪的狼，便意味着
错过一次机会

我就这样看待花朵，给予我们松脂。
树干将向我复仇，所有的树干。
自从我来到这个地球，它们在白白地
流血。

八

打住，别那样了！
是谁赋予种子生长的权利？

是我。
这正是我战栗的缘由。

我是兽。

我仰面躺着。
火舌离开我的头颅。
你该问我是否是那头圣牛。
我沉默如天体。

所有事物中，死亡最是温柔
水掳获它。
我是水。

九

成为上帝是第一课。

那些不用心了解我的人将被删除

我呼吸着你也呼吸的空气
为我存在的绿也为你而绿
我的喉咙发紧
我不明白为何我被选中。

兄弟们，救救我吧。
蜗牛，山雀，蟋蟀，蝉，
苍蝇，啄木鸟，麻雀。
救救我吧，水，你，乌鸫
噙在嘴中的。

当你饮水时，我看见了你。
当你饮水时，我看见了你。
它没有让你爆炸。
水使我爆炸。我爆炸。
我是白木兰花的 X 光。

十

离开那把梯子吧，你永远都追不上我。
我愿给予你一切，真的是一切。
脂肪，皮肤，头发，眼睛，舌头
指甲，体液，血。我愿与你
同行，我真的愿意。
相信我。
我不明白，为何是我。

只有尼京斯基[①]也走这条路。
狮子，你好吗？他们将你关进笼子！
疯子是股蒸汽。
疯子是股蒸汽。
杀死我吧，我圈住你的疯狂！
我接受一切，从所有人那里，因为我是上帝。

---

① 尼京斯基，俄罗斯芭蕾舞演员，被誉为历史上最有天赋的舞者之一。

成为上帝是第一课。

现在你理解诗题了吗？

它是暂定的。
真正的标题是：
谋杀

致梅特卡

假如我点燃这房子白色的框架，那么，火焰
会比我身体坠落的重量烧得更亮吗？
会比桑巴更亮吗？会比我那水汪汪的头颅
更亮吗？我在雪中。你在舞蹈。在硕大的

绿树下，睁着你那忧伤的水汪汪的眼睛。
我们在听你画笔的韵脚和拖鞋。还有那草地的
你在上面看到了苔藓，以及混杂的苔藓下面的
东西。在黝黑、绿色的入口，一只白色的山猫在搔痒。

天空会堵住自己，发出咯咯的响声吗？你在何处栖息？
在雪崩中，还是在地球上？我在此狼吞虎咽，狼吞虎咽
吃得肚子不断膨胀，以免在高空被云撕裂

粉色的，蓝色的，和紫罗兰色的，那些花
就像提尔坡罗，空气在他身后自我净化，
在光洪水般汹涌并碾压我们之前。

托马斯·温茨洛瓦

托马斯·温茨洛瓦（Tomas Venclova，1937— ），立陶宛著名诗人、学者和翻译家。代表性诗集有《语言的符号》《冬日对话》《枢纽》等。欧美评论界称他为“欧洲最伟大的在世诗人之一”。他是一位沉重的现实成就的诗人，把诗歌当作抗衡黑暗的最后的武器。历史感和命运感，像两个难解难分的主旋律，不断地在他的诗歌中回荡。从一开始，温茨洛瓦就把诗歌写作同社会担当以及道德职责连接在一起。温茨洛瓦在诗歌写作上采用了古典主义的形式，但他的古典主义却充满了叛逆精神和现代寓意，始终把现实当作关注的焦点。他的诗忧伤、沉重、冷峻，基调幽暗，但字里行间却有着鲜明的精神抱负和心灵慰藉。

忒修斯[1]离开雅典

一位老人，在城门旁的沙地上坐下。
雅典比克里特岛，更早地迎来黄昏。
渐渐浓厚的影子，在临死挣扎中，贴紧
那酷似弥诺陶洛斯的脚，它的内脏
已被青铜剖开。那野兽是一名戴着皇冠的
妓女和一头公牛生下的后代。它专饮
童男童女的血来保持旺盛的精力。迷宫中
处处都是它抛撒的污物。最后，被剑击中，
它才一命呜呼。有人认为，那公牛是波塞冬[2]
众多外形的一种，据此，人们推断，那是
两兄弟在搏斗，因为凶猛的海神同样是
胜者的生父。在花岗岩洞里，当迷宫
在百般曲折中展开，就像一根烧焦他的
棕榈树的线头，我们的英雄忽然意识到这一点。
所有那些他杀死的生命，包括野兽，都是兄弟。

老年凝聚起空间，松脂般将它牢牢地黏合。
外面，远处，他看见山丘，原先陡峭，如今
已被时间磨平。他曾路过那里，从特洛曾[3]

① 希腊神话中的雅典国王，杀死牛首人身的怪物弥诺陶洛斯。
② 希腊神话中的海神。
③ 希腊一个小镇。

到那座闻名遐迩的城市，那座本该属于他的城市。
像坦塔罗斯（他的一个祖先）一样，他也渴望
整个宇宙：橄榄园，月桂树，
葡萄园和人群，大理石块形成的
阴郁而又荒凉的峭壁，四面体的
未完成的围墙粗劣的神殿，红发福玻斯[1]
在深蓝色的大海上空驾驭的辉煌的双轮战车。
美女的身子，透过半透明的衣裳，隐隐闪现，
那私处的软毛听从他的触摸……
醒来时，他沉重的眼帘粘在了一起。
他踏上那条最长的小径，欢欣鼓舞，一路清理着
那片被诅咒的土地，那片狼和蛇的后裔的土地。

他们也是他的兄弟，普罗克汝斯忒斯[2]也是。
老年，听上去很怪，仿佛普罗克汝斯忒斯的睡床。
命运不再能掌控你，可它却又超过
你渐渐衰弱的力量。怪梦重现，比记忆
更加生动，常常，生发出极度的苦痛。
有人正离开宫殿，一去不复返。
听不见脚步声。瑟瑟作响的大披肩。是
菲德拉王后[3]？她拥抱着黑色的沮丧之光。
是她的姐姐？一个狂怒的神已将她霸占。

---

① 希腊神话中的太阳神和诗歌音乐之神。

② 在希腊神话中，阿蒂卡巨人羁留旅客，缚之床榻，体长者截其下肢，体短者拔之使之与床齐长。

③ 希腊神话中，忒修斯之妻，因与忒修斯前妻之子调情遭拒绝而羞愤自杀。

还是珀尔塞福涅[1]？他曾降临她的王国，
可满眼所见尽是芦苇和潮虫，蛞蝓和蜗牛，
湿滑的地下斜坡和四处游荡的灵魂。
虽然影子难以相互辨认，可也许
有一天，在他们中间，他将看见菲德拉
和他那被马蹄碾碎头颅的儿子。

萨拉米斯附近，一叶帆船在同风搏斗。
众神在掷骰子，而凡人却必须满足于
悔恨，宽宥，理解的愿望。
他同苦涩的命运达成了协议。他装饰
城市，祭奠死者，迎候
异国盲眼的国王。他命令点燃
泛雅典娜节的火炬。即便在他死去时，
新的神殿、纪念碑和花园也将拔地而起。可他们
也会消亡。他不时地听见一个
声音，比上帝的声音还要响亮，那声音宣布：
“你已鞠躬尽瘁。”在雅典城门旁歇息的时刻，
他渐渐领会到了这句话的含义。
那必然发生的一切终将逝去，用不了多久，
里刻墨狄斯[2]将把他推下悬崖，正如先前
他对斯基隆[3]所做的那样。

① 希腊神话中，宙斯与得墨忒耳之女。
② 希腊神话中，一个国王。
③ 希腊神话中，一个强盗，被忒修斯所杀。

侍女图

有九个或十一个人物，包括
小矮人，侍女，那面幽暗、敏锐的
镜子中的映象。还有那位尚未
开始作画的画家——四个世纪之后，

那幅画还在耐心地躲避着我们的
目光。傅科假设画家正在
画我们。不过，更确切地说，模特、
观者和画家兴许全都是一个原型的

片段。比任何时候都更充沛的
光穿过窗口（并且，就像在天堂
那样，它的善行照耀着

所有的不完美）。而那道无形的凝视，
停留于所有的凝视汇集之处，
画笔会教我们如何将它保存。

一首有关记忆的诗

你在等待那离去的人们？进入
他们离去的深处。墙壁背弃了
他们，如同照片，铅笔，钟表
和灵魂，雨和报应，沙和雪，
还有松针，征服死亡的胜利。

此刻，谁是谁非早已难以说清，
当你数点所有这些分离时，
你漫无目的的总数自内爆炸，
分裂成各种声音，激烈搏斗。

这些事物停驻：刀画出的圆圈，
书架上的尘土，盘子上的污迹，
如此充裕的自由、诗句和虚妄，
如此短缺的可以信赖的命运。

两个声音同样留下。它们触摸
城市温暖但又令人不安的体积。
他们被赋予一滴记忆。
那是你的。它不属于任何人。

它在随意奔走，挥动着羽翼，
天生盲目，就像被抛出巢的
燕子。而你所有的古典主义，
那所玩笑和庆典学校，又值几何？

就这样，时间同我们所有人分离，
被判死刑，披巾般飘扬
飘进楼梯、走廊和屋子，
落在裂缝上，它，目中无人，
在来来往往的时间中间，蔓延。

纪念一位诗人。变奏

在彼得堡，我们会重新聚在一起

——奥西普·曼德尔施塔姆

你可否返回那曾经的应许之地，
返回城市的骨骼、倒影和痕迹？
一场暴风雨扫除了海军军部，
几何图形的色彩渐渐变成阴郁，
浮上表面。
　　切断
电流，一道影子从冰的光谱中

升起，锈迹斑斑的蒸汽机，犹如幽灵，
在伊泽梅洛夫大街中上升，显现。

一样的有轨电车，一样的褴褛衣衫……
沥青路，让碎纸片漂浮
在它的上方，而十九世纪的寒冷
湮灭了火车和车站。
　　　　悲恸的天空
将自身关闭。数十年化为雾霭，
阴沉的城市掠过，就像风暴漂流，
动作总在重复，恰似一份礼物，
可死者中不会站起一个人。

他隐身于二月的早晨，
围绕着罗马，缓慢地，朝着北方，
进入另一片空间，选取一个韵律
接近雪的时刻。
他被召唤到此刻已冻结的母狼之穴，
精神病院，肮脏和监狱，
黑色的、熟悉的彼得堡，不久前
从某人的言语中升起的彼得堡。

不是和谐，也非尺度，一旦遭到压制，
便会回归生活，也非爆裂声，也非
壁炉内的味道，时间已完全将它点燃；

然而，还是有永恒的、壁炉般的焦点
和眼睛，绘图命运，其本质
就在于幸运的巧合，
抑或就是那既非暂时之物
也非本土之物的会合和持续。

没有映象，只有一道裂口在已知物中，
一座岛，发展成潮流的泡沫，
找不到的天堂，它的替代品
在活生生的语言中上升。在云的
阵雨中，在漂浮的船首上方，
鸽子们绕着大圈飞翔，并不打算
去区分阿勒山[①]和任何平凡的
鲜花盛开的山丘。

时辰已到。离开这海岸吧。我们将上船。
谎言已经耗尽，石头已经裂开，
只留下一个见证：艺术，
将光带入寒冬深处的夜晚。
被祝福的草木战胜冰，
河口在夜晚找到了海湾，
而一个词，毫无意义，如光，
回荡着，几乎同样毫无意义，如死。

---

① 位于土耳其东部。据《圣经》记载，大洪水后，诺亚方舟曾在此停留。

闪出一缕微笑，站定

闪出一缕微笑，站定，然后打道回府——
窗外，黑暗试图掠夺视力，
可那音节，在我的舌上复活，
依然会祝福，并替代这一年中最漫长的夜。
闪出一缕微笑，因为我们远远分离，隔着
平原、冰湖，风雪，密不透光，
窗帘，仿佛侵入你大脑的睡意，
还有黑黝黝的火车，从陶格夫匹尔斯①到卢加②。

厨房里有冰凉的泉水，出口处已经干涸，
几张椅子四处散放着，就像稀疏的森林。
我也已坠入梦乡，而这幢房子的意义只是
一个邮政地址，一张带有调音指孔的唱片。
我也已坠入梦乡；仿佛从桌上
抓起电话筒。逗留会导致毁灭，
因为，剩下你我相伴，醒来时，我能
听见自己在另一头，当我停止敲击手指。

---

① 俄罗斯地名。
② 俄罗斯地名。

停歇，停歇。破碎的句子在死去

停歇，停歇。破碎的句子在死去。
屋顶的极限，处于黎明的边缘。
雪在言说，赋格曲中，火在回答。

钟摆的摇曳退出视线；
沉重的抗衡力给地面标上记号。
停歇，停歇。破碎的句子在死去。

眼睛，映射在镜子的荒原里，
替代世界，一个轮廓在独自闪烁。
雪在言说，赋格曲中，火在回答。

囚徒阔步返回牢房，
地域的篱笆向着天空跋涉。
停歇，停歇。破碎的句子在死去。

一粒时间，一块天空
球体般，裹住你我的肉身。
雪在言说，赋格曲中，火在回答。

事物紧贴着脸，只是为了蒸发，

而床柱周围，已不见任何天使。
停歇，停歇。破碎的句子在死去。
雪在言说，赋格曲中，火在回答。

描写一间屋子的尝试

哦枕头，床垫，还有黄金耳环
但地图永不会将它显示，地址已经废除

但大街在闪烁，茶变成了空气
但电线伸向乌有，本质模糊不清

火焰之舌开始摇曳，子夜击中你，在你写作时
龙虾和鱼，用目光冲破画布

因为鱼缸的边界伸出我们的窗格
盲目而天真的牧羊人照料盐水中的果壳

坚硬置放液体石膏，你我再也无法听见或看见
喜悦和感恩的真空，在那伸展的树下

两首关于爱情的诗

一

当脆弱的智慧从高处被秘密传下，
楼梯口闲聊的碎片滚落而来，
在泥泞的花园的上方，由夜陪伴，
在荒原的上方，横笛和竖琴诞生。

在含沙的斜坡下，干涸的河床
复活，圆圆的水滴击穿冒气的石头，
管弦乐队的隆隆声升起，尾声来临，
你知道，它不用词语，也无须形式。

盐在嘴上。海水溅上眉梢。
城市伸开四肢，像鲸鱼被抛于沙滩。
空间纠结的片段，聚拢灵魂的
草草的白色飞翔也将告终。

一颗带角的星在眼缝间闪烁，
冲动的宇宙提供一个巨大的镜头，
你的生命——一只飞越地球的燕子——降临，
让肩负重，飘动，无声无息。

并不值得环顾四周：我们早已被困，
禁闭在空中瀑布的迷乱之中，
看不见的山崩，灰色的云，跳跃的乐曲——
充斥我们的嘴巴，粘在肺气泡上。

一切都在回归。我能背诵那些诗行。
那无眠的房屋已然倾斜，转向左边。
屋脊下，黑暗不断扩散，
疲惫的手转动着天空，如一叶孤帆。

二

街市失去了名字，我不再期待宾客，
他人的抑扬格顶多会缺席，
甚至，看起来，那禁止的天空，
也已背弃我的思想。但空间停留，
闪烁的水依然涌进，一路
携带着那被倾覆的尖塔，朝前流淌。

三个维度咯吱作响，像彼此相连的铠甲。
倒影同它们嬉戏；当天空泛白，
它渐渐暗淡，而空荡荡的寓所
接受着五月或六月的黑暗，
说一生短暂，并不属实，因为

那盏灯一直保护着我们，抵御邪恶。

别急，时辰未到。孩子们还在睡眠，
奇迹在等待着诞生。池塘和河湾
在变冷，屋顶在变黑，夏季在成熟，
声音和景致在各自的梦中，
船一样擦肩而过。白昼来临时，
极有可能，我们会勉力将它们误读。

响亮，幽暗，碎裂，形式之丛
压迫着我们的意识；谁也不知
是否有一行，或一个片段正好相符，
但我们的肉身，像石头，依然紧挨着，
躺在那里，而在方形的光中，堡垒
清晰可见，卡珊德拉①神显失去了魅力。

---

① 希腊神话中，特洛伊国王普列阿摩斯之女，有预言能力。

卢齐安·布拉加

卢齐安·布拉加（Lucian Blaga，1895—1961），罗马尼亚重要诗人。主要诗集有:《光明诗篇》（1919）、《先知的脚步》（1921）、《睡梦颂歌》（1929）、《分水岭》（1933）等。其诗作以深刻的哲理和奇特的意象探索了人与自然、短暂的生命同永恒的宇宙、渺小的躯体同博大的灵魂之间的关系，是典型的自由体，不拘泥于韵律，而刻意追求神秘的意境和诗歌本身的内在节奏。罗马尼亚当代许多诗人都曾受到他的影响。

我不践踏世界的美妙花冠

我不践踏世界的美妙花冠，
也不用思想扼杀
我在道路上、花丛中、眼睛里、
嘴唇上或墓地旁
遇见的形形色色的秘密。
他人的光
窒息了隐藏于黑暗深处的
未被揭示的魔力，
而我，
我却用光扩展世界的奥妙——
恰似月亮用洁白的光芒
颤悠悠地增加
而不是缩小夜的神秘。
就这样带着面对神圣奥妙的深深的战栗，
我丰富了黑暗的天际，
在我的眼里
所有未被理喻的事物
变得更加神奇——
因为花朵、眼睛、嘴唇和坟墓
我都爱。

贝　壳

面带大胆的微笑我凝望着自己，
把心捧在了手中。
然后，颤悠悠地
将这珍宝紧紧贴在耳边谛听。

我仿佛觉得
手中握着一枚贝壳，
里面回荡着
一片陌生的大海
深远而又难解的声响。

哦，何时我才能抵达，
才能抵达
那片大海的岸边，
那片今天我依然感觉
却无法看见的大海的岸边？

四行诗

不容易的还有那歌声。

昼与夜——世上的一切都不容易：
露是通宵歌唱的夜莺
因疲劳而流下的汗。

结　局

兄弟，在我看来任何书都是种被征服的病。
可刚刚同你说话的人如今在地下。
在水中。在风里。
或在更为遥远的地方。

我用这张书页锁上大门，拔出钥匙。
我在某个高处或低地。
吹灭蜡烛，问问自己：
那曾经的奥秘去向何方？

你的耳中还留有只言片语吗？
从以前讲过的血的童话中，
将你的灵魂转向墙壁，
将你的眼泪洒向西方。

传　说

光彩照人的夏娃

坐在天堂的门口，

一边观看黄昏的伤口怎样在天穹愈合，

一边梦幻般地

咬着蛇的诱惑

递给她的苹果。

忽然从可咒的水果中

一棵核碰到了她的牙齿。

夏娃心不在焉地将它吹到风中，

核掉在地上，生根发芽，

长出了一棵苹果树——

接着，一连几个世纪，

又长出了无数棵。

其中有一棵躯干粗壮结实，

伪善的工匠们用它

制作耶稣的十字架。

哦，被夏娃洁白的牙齿

抛到风中的黑黑的果核。

夏　娃

当蛇将苹果递给夏娃时，
用银铃般在树叶间
回荡的声音同她说着话。
但它碰巧还向她耳语了几句，
声音低得不能再低，
说了些《圣经》上没有提到的事情。
就连上帝也没听见它到底说了些什么，
尽管他一直在旁听。
而夏娃甚至对亚当
也不愿透露。

从此，女人在眼睑下藏着一个秘密
并不时地眨着睫毛，仿佛想说
她知道一些
我们不知的事情，
一些谁都不知的事情，
包括上帝。

睡　眠

整个夜晚。星星在草地上舞蹈。
小径退隐于森林和洞穴，
甲虫不再言语。
灰色的猫头鹰瓮一般蹲在枞树上。
在无人觉察的黑暗中
鸟儿、血液和乡村全都沉静下来，
还有你不断经历的冒险。
一颗灵魂在微风中弥漫，
没有今天，
没有昨日。
伴着树林间低沉的声响，
沸腾的年代升起。
睡眠中我的血液浪涛般
从我的体内
流回到先辈的身上。

潘

潘躺在石头上，又老又瞎，
浑身覆盖着枯黄的树叶。
他那呆滞的眼睑
徒然地试图再次眨动，
他的眼睛已经关闭——像冬天的蜗牛。

一串串露水落在他的唇上：
一滴，
两滴，
三滴，
自然滋润着神。

哦，潘！
我看见他伸出手，抓住一根树枝，
缓缓地
摸索着蓓蕾。

一只绵羊从灌木丛里走近。
瞎子听见了它，露出微笑，
除去用手掌轻轻抓住绵羊的头，
在它柔软的小纽扣下搜寻犄角外，

潘没有更大的欢乐。

寂静。

四周岩洞睡意蒙眬地打着哈欠，
潘受到传染，也打起了哈欠，
然后，挺直身子，自言自语：
露水硕大又温暖，
羊角长出，
而蓓蕾个个饱满，
　　莫非春天已临？

斯特凡·奥古斯丁·杜伊纳西

斯特凡·奥古斯丁·杜伊纳西（Stefan Augustin Doinas，1922—2002），原名斯特凡·波帕，生于罗马尼亚富裕人家。大学期间从医学系转到语言文学和哲学系学习。毕业后主动要求回到家乡当乡村教师，广泛涉猎文学、哲学、艺术等领域的著作，同时又大量接触了民歌民谣。1939 年开始诗歌创作。1955 年定居布加勒斯特。由于政治原因，曾在文坛沉寂十余年。1964 年以后，相继出版了《潮汛》《持罗盘者》《一首诗的内部》等几十部诗集。深厚的文化功底和宽广的诗歌视野使得他的诗精致、优雅、厚重，异常动人。他还曾长期致力于罗马尼亚民谣体诗歌的革新，力求为民谣体诗歌注入新的活力。

秋

一

虚无中，叶的背面，
仿佛透过一道透明的帷幕，
有人用谵妄的手指
朝我示意。薄荷的气息
在空中写下道路。
　——不！等一等：
我还没有准备好出发——

山峰上，榆树在自己的绿荫下
握住了渴望飞翔的鸟的影子

二

一片叶落下。高处，天穹中，
在那心形的裂缝口，
忧伤天使张开嘴巴
轻轻说道：
　——你还有什么要说吗？
站在滚烫的树的位置上，

我们的臂膀在空中转动。
你用来威胁我们的冬天
此处容纳不下呼吸

三

我用微笑挡住枝丛中
绿影的坍塌。我辽阔地流淌，
恰似一条同海平行的河流，
在黄昏中拒绝三角洲，
灌溉山谷和平原，
在真实中解开雷电。

哦，是怎样的没有季节的荣耀
在我渴望的眼中翻过身来！

四

此刻，影子、果实、沙沙声
全由我们掌管。所有
在烟雾中摸索的鸟
飞来，浑身冻僵，停息在
燃烧的词语上——
　——别出声：
在手掌中为它们做巢，给它们递上碎片——

大地上只有两棵树，
它们间——无边无垠的光。

忧伤的星星

星星，瀑布般从天空坠落，
穿越你的身体，而你
洁净如初，像一片雪
通过它，影子只能变成一首歌。
那时，一颗金星在高处
闪烁，为了那个就要，
就要给我们带来
煤灰面罩和苦果的季节。
此时，一如刚才，受挫后，我沉默不语。
头顶着这颗星星，我又能说些什么呢？
尘世中，一切，称不上奇迹的一切，
都毫无用处。
就连你那雕刻在雪花石膏上，
从上空羞怯怯地摘下的面容，
也只是波浪：轻盈的、蔚蓝的波浪
从彼岸冲向此岸。
啊！一切都是多余——偷偷地

一颗无情的星在高空守候。
吻，肉身不安分的神，
分解，坠落，你听见它，
就像脆弱的雪经过潮湿的树枝
落在冬天高高的门槛上。

今天，我们告别

今天，我们不再歌唱，不再微笑。
今天，站在中了邪的季节的开端，
我们分别
就像水离开陆地。
静默中，一切是那么的自然。
我们各自都说：原本就该如此——
路旁，蓝色的影子
为那些我们思想过的真理做证。
用不了多久，你会变成大海的蔚蓝，
而我将是带着所有罪孽的土地。
白色的鸟会到天边把你找寻，
嗉囊里装满了芬芳和干粮。
人们会觉得我们是冤家。
我们之间，世界巍然不动，
犹如一座百年的森林，

里面全是皮毛上长着花纹的野兽。
谁也不知道我们是如此的贴近。
夜晚降临时，我的灵魂，
恰似水塑造的岸，
会化为你的被遗忘的身影——
今天，我们没有亲吻，没有祝福。
今天，站在中了邪的季节的开端，
我们告别
就像水离开陆地。
用不了多久，你会变成折射的天空，
而我将是黑色的太阳，土地。
用不了多久，风会吹起。
用不了多久，风会吹起——

贝德莱·斯托伊卡

贝德莱·斯托伊卡（Petre Stoica，1931—2009），罗马尼亚著名诗人。毕业于布加勒斯特大学语言文学系。1957 年登上诗坛。当过编辑。后离开都市，定居乡村。已出版《诗选》（1957）、《奇迹》（1966）、《祖母坐上沙发》（1972）、《事物的灵魂》（1972）、《修辞学问题》（1983）等诗集。他的诗简练，朴实，形式多变，有表现主义色彩。

新　闻

昨天一只短尾巴绵羊吃掉了一匹狼
一架飞机撞上了一座山
　但所有旅客都安然无恙
一位绝妙的女演员嫁给了
　一个脏兮兮的要饭的老头
昨天情报部长
　说出了一句真话。

诗的诞生

我艰难地辨认着新雪上
那些重叠的符号并将它们
全部运往木材仓库

什么生物在寻觅森林的芳香？

我转动眼睛
朝仓库顶上抬起目光
一只长着四个翅膀和叶子肉冠的

鸡正在玛格丽特的圆顶帽里孵煤

我将一块雪扔向空中
雪分解成蓝色的水滴
蓦然夜晚降临
我将自己照亮

哀　歌

走在我前面的那个男子是谁?
他的步履蹒跚他的肩膀
被箭镞刺穿

他刚从情人的墓地归来?
他在掷骰子游戏中
失去了最后一缕珍贵的记忆
生命中最后的支撑?

他拐过街角无影无踪
这是罗马天主教堂
星期日礼拜结束的时刻
这是拯救他人的时刻
这一时刻

我本人
就是那个拐过街角的男子

登记册

我的出生被登记在册
我的洗礼被登记在册，工工整整
我的勤奋，我的懒惰
恰如图表
在学校山一般的登记册中一目了然
我为你偷过一朵玫瑰
受到惩罚，被登记在册
在一张张粗糙地印着红字标题的
纸页间蜡封着
我对你的永恒的爱
就连我们的儿子也被登记在册
时不时地，贝德莱·斯托伊卡
就得到登记册里报到：
因为疾病，因为思想，因为诸多诸多
未能按时偿还的债务
直到有一天，厚厚的登记册
最后一次用它那棺材盖
压在我的遗体的名字上

当我们醒来时

银雨飘落，十字架，你少女的面容
一切的一切都陷入幽暗
垂挂在外面的窗帘在腐烂——那是哀悼
之旗，蜜蜂饮下毒花粉
夜幕降临，霉菌和铁锈在闪光
路标上长着黑蘑菇
我们摸黑走着，一下子跌入睡眠
雨，甚至遮蔽了梦中的星星
我们相拥而睡，以防迷失
当我们醒来时，早已身处寒冬腊月
黑色的记忆生出白色的石头
你依然那么苍白，我在纳闷
这是为何

尼基塔·斯特内斯库

尼基塔·斯特内斯库（Nichita Stanescu，1933—1983），罗马尼亚重要诗人。诗歌革新运动的主将。出版过《时间的权力》《绳结与符号》等十六部诗集和两本散文集。发掘自我，表现自我，为思维和感情穿上可触摸的外衣，是其诗歌的一大特色。他非常注重意境的提炼，极力倡导诗人用视觉来想象。在他的笔下，科学概念、哲学思想，甚至连枯燥的数字都能插上有形的翅膀，在想象的天空中任意翱翔。斯特内斯库被公认为罗马尼亚当代现代派诗歌的代表诗人。

追　忆

她美丽得犹如思想的影子——
她的后背散发出的气息
像婴儿的皮肤，像新砸开的石头，
像来自死亡语言中的叫喊。

她没有重量，恰似呼吸。
时而欢笑，时而哭泣，硕大的泪
使她咸得宛若异族人宴席上
备受颂扬的盐巴。

她美丽得犹如思想的影子。
茫茫水域中，她是唯一的陆地。

忧伤的恋歌

唯有我的生命有一天会真的
为我死去。
唯有草木懂得土地的滋味。
唯有血液离开心脏后

会真的满怀思恋。

天很高，你很高，
我的忧伤很高。
马死亡的日子正在来临。
车变旧的日子正在来临。
冷雨飘洒，所有女人顶着你的头颅，
穿着你的连衣裙的日子正在来临。
一只白色的大鸟正在来临。

充饥的石头

一头动物走来，
吞食岩石。

一只狂吠的狗走来，
吞食石头。

某种虚无走来，
吞食沙砾。

最后我走来
为了吞食这个回音

——什么回音？
——我也不知道什么回音。

致挖井人

别挖得太深，我对你说，
别挖得太深，别挖得太深，
不然，你会碰到天，
你会碰到天，
碰到另一重天，碰到另一些星，我说，
碰到另一重天，碰到另一些星，
而在天与星星之间，
你又会碰到地，碰到另一片地。

害　怕

只用一击，
我就能将她杀死。
她朝我笑着，
微微笑着。

她朝我的眼睛
抬起她那闪烁的眼睛。
她向我伸出手。
她笑着，微微笑着
甩动黑黑的辫子。
可我，只用一击，
就能将她杀死。
此刻，她开始说出
美妙、天真、诙谐的话语。
她好奇地望着我，
稍稍皱了皱眉头，
然后重又
笑着，微微笑着
明亮的眼睛
望着我的眼睛。
当我凝视她的时候，
只用一击，
我就能将她杀死。

枪

枪由三部分组成：
上部，

中部，
下部。

上部由三部分组成：
上部的上部，
上部的中部，
上部的下部。

中部由三部分组成：
中部的上部，
中部的中部，
中部的下部。

下部由三部分组成：
下部的上部，
下部的中部，
下部的下部。

开火！

诗

诗是哭泣的眼睛。
是哭泣的肩膀，

哭泣的肩膀的眼睛。
是哭泣的手，
哭泣的手的眼睛。
是哭泣的脚跟，
哭泣的脚跟的眼睛。
哦，你们，我的朋友，
诗不是眼泪，
它是哭泣本身，
非虚构的眼睛的哭泣，
必定会美丽的人
眼中的泪，
必定会幸福的人眼中的泪。

特洛伊木马

我是一匹用来对付自己的特洛伊木马。
我的肩膀占领了我的肩膀，
我的眼睛掠夺了我的眼睛。
我的心跳
淹没了
我的心跳，
我朝天空发出的声音
窒息了

我朝天空发出的声音。
我的生命
由于我的生命
无法存在。
我的爱情用我的爱情之马
驮着我的爱情
在城堡周围溜达。
我用我的刀片刺进我的刀片。
通报我诞生的瞬间
因为通报我诞生的瞬间而失语。
我恼怒自己的恼怒，
我欢乐自己的欢乐。
我希望自己的希望，
我哭泣自己的眼泪。
我存在的时候存在，
我不再存在的时候不再存在。

绳结（之三）

我的眼睛不再用泪水
而是用眼睛哭泣——
我的眼眶不断地生出眼睛——
为了让我平静，如果我能平静。

啊，我叫喊，
你们，我的手，
别再用手哭泣！

啊，我叫喊，
我的身躯，别再用身躯哭泣！

啊，我叫喊，
我的生命，你别再用生命哭泣！

我盖住了自己，
但裹尸布下
眼睛、手、身躯、生命
正乱哄哄地来回滚动。

绳结（之五）

仿佛看见山在哭泣，
仿佛在沙漠中读到思想，
仿佛死去但仍在奔跑，
仿佛昨天会在不久来临，

就这样我忧伤地站着，脸色苍白，头上冒烟。

非语词

他递给我一片叶，像只带指头的手。
我递给他一只手，像片带牙齿的叶。
他递给我一根枝条，像条臂膀。
我递给他臂膀，像根枝条。
他的躯干向我倾斜，
像棵苹果树。
我的肩膀向他倾斜，
像副多结的躯干。
我听见他的汁如何加快流动
像血。
他听见我的血如何加快上涨像汁。
我从他身边走过。
他从我身边走过。
我依然是棵孤独的树，
他依然是个
孤独的人。

一种结束

真正的手我并不伸出。
除了语词我不用手触摸任何东西。
不然，
被触摸的树会神奇地缩回体内，
就像蜗牛的触角缩回体内那样，
变成一个句号。
我不去触摸椅子。
不然，它会缩回体内，
变成一个句号。
我不去触摸朋友。
还有太阳，还有星星，还有月亮，
我什么也不能触摸。
尽管我恨句号，可是天哪，
我恰恰居住在句号里。

马林·索雷斯库

马林·索雷斯库（Marin Sorescu，1936—1996），罗马尼亚当代重要诗人。生于农民家庭。大学毕业后，长期从事编辑工作。1978 年至 1990 年，任《枝丛》杂志主编。1994 年至 1995 年，任罗马尼亚文化部部长。1964 年，出版第一部诗集《孤独的诗人》。之后又出版了《时钟之死》（1966）、《堂吉诃德的青年时代》（1968）、《咳嗽》（1970）、《云》（1975）、《万能的灵魂》（1976）、《利里耶齐公墓》（3 卷，1973—1977）等十几部诗集。诗歌外，还创作剧本、小说、评论和随笔。罗马尼亚评论界公认他为“二次大战后罗马尼亚文坛上最最引人注目的诗人之一”，称赞他“为实现罗马尼亚诗歌的现代化做出了重要贡献”。

远　景

倘若你稍稍离开，
我的爱会像
你我间的空气一样膨胀。

倘若你远远离开，
我会同山、同水、
同隔开我们的城市一起
把你爱恋。

倘若你远远地、远远地离开，
一直走到地平线的尽头，
那么，你的侧影会印上太阳、
月亮和蓝蓝的半片天穹。

两　遍

所有的事物
我都要看上两遍，
一遍让我欢欣，

一遍令我忧伤。

树木在绿冠中
发出朗朗的笑声，
一颗硕大的泪，
却悄然落进树根。
太阳十分年轻，
在光束的顶端，
可那光束却困于
无边的黑夜。

世界完美地闭合
在两页封面之间，
那里，我聚拢起
所有的事物，并将
它们爱上两遍。

苛　求

我抓起整个地球，
用眼睛将它
过滤一遍。
山峦完整无缺地逃脱

女人依然高大，
天空，无边无垠。

出于不满，
我又找到一场灾难，
将一切削减
一半。

我的努力效果明显，
但还是存在大量多余的
东西。
太阳有着太多的光芒，
大海里
还可以看到两条鱼。
于是，我抽掉了几天的纱布，
世界因此减小一半。

我的苛求行动
就这样出色地完成。
此刻，一片巨大的
虚无展现
在我的周围

当然，我也同样
不够重要。

我将继续同
我体内的荒漠开战。
（在此期间，我摘除了
七根神经和两种感觉。）

那　边

这个女人，
在浴室里藏着什么人。

她在同我说话，
真诚地爱我，
但有什么人，越过我，
总在她心里翻腾。
通过她的眼睛，
头发，
手掌中的生命线，
我看出，这个屋子只有一道门，
她在浴室里藏着什么人。

要不，就在隔壁的屋子里，
在另一个屋子里，
街上的某个地方，

另一座城市，或一片林子，
要不，就在海底。

有什么人躲在那里，
窥探我的思想，
眼睛盯着表，
倾听我不朽的情感。

眼　睛

我的眼睛不断扩大，
像两个水圈，
已覆盖了我的额头，
已遮住了我的半身，
很快便将大得
同我一样。

甚至比我更大，
远远地超过我：
在它们中间
我只是个小小的黑点。

为了避免孤独，

我要让许多东西
进入眼睛的圈内：
月亮、太阳、森林和大海，
我将和它们一起
继续打量世界。

直角尺

数学上用的直角尺
越来越成为
一件文学工具。

用它你可以流畅地
阅读许多作品。

将它端正地放在
第一页上，
你只需阅读那些
逃脱木尺限定的文字。

被缩减的词语
像一些青蛙
迅疾膨胀，

吮吸着隐藏的意义。
半个动词会让你大叫，
为了未来
所有小说的情节。

此外，直角尺
还适用于日常生活。
在它的衡量下
声音、形象、心灵
都大得有点夸张，
可以用直角尺听人说话，
也可以用直角尺看演出。

假如你胸前没挂把直角尺，
可千万别冒险
去谈什么恋爱。
同样，晚上睡觉前，
为了那金子般的美梦
你得在床头放上一把直角尺。

深　渊

上帝是聋子，

当我有事向他报告，
就将一切写在纸上。
同所有聋子打交道，
你都得这样。

但上帝看不懂我的字迹，
当我见他面对一个连词，
在光环里抓耳挠腮，
我想最最简单的办法
还是对着他的耳朵嚷嚷。

我这样做了，
可上帝摇摇头，
表示不明白，
他示意我将想说的事
统统写在纸上。

我绝望至极，
走到街上，拦住路人，
将纸条放在他们面前，
为了上帝的眼睛，
我尽力写得工整，清晰，
路人不是聋子，
可他们行色匆匆，
他们用手将纸条拨到一边，

请求我用生动的口语
快快说出一切。

那一刻，我禁不住嚷嚷起来，
声音仿佛来自深渊，
正如上帝布道时那样，
总会大声地叫喊。

我唯恐自己也会变成聋子，
于是，忘掉了想对他们说的话。

碎　片

一

我通过符号思考自己。
我不再理解词语，
只能通过符号
思考自己。

二

望远镜里

我发现你的左乳房有点失职。
今天是周一。
周一，乳房比较疲惫。
两只都是。

三

荒芜。
和干旱，犹如一支
百年未被嘴唇触碰的排箫。
如此的干旱，你都不知
到底用什么来哭泣。

安娜·布兰迪亚娜

安娜·布兰迪亚娜（Ana Blandiana，1942— ），罗马尼亚最具世界影响的女诗人。曾就读于克鲁日大学语言文学系。当过编辑和图书管理员。已出版《复数第一人称》《脆弱的足跟》等几十部诗集。她是目前罗马尼亚诗坛上最活跃的女诗人。她的诗在罗马尼亚拥有广大的读者并多次在国内外获奖。布兰迪亚娜的诗纯朴、细腻、自由自在，透明但并不简单，有浓厚的神秘气息，善于用最简单的词语和意象表达深沉的情感和深邃的思想。

睡眠中

睡眠中，
我偶尔会尖叫，
唯有在睡眠中。
我的大胆使我惊恐地
醒来——
在夜的安分守己的静谧中
我试图听听
邻居睡眠中的尖叫。
但聪明的邻居
从不尖叫除非当他们确信
梦见自己的睡眠，
无人能听见的
睡眠中的睡眠时，
才敢张开嘴巴。
睡眠中的睡眠里
该有多少
自由的喧嚣！

妥　协

影子
并非黑暗和光明的和解，
正如沼泽
不是土地和大海的妥协。
请在睡眠中伸出手来，
屏住呼吸，直到你碰到
我那朝你悬挂着的指尖——
横木的上方
我还能架设桥梁，
只是要在
我们的臂膀做梦的时候。

孤　独

孤独
是座荒无人烟的城市，
整洁的街道，
空荡荡的广场，
一切骤然膨胀

背衬着
命定般清晰的漠野。
孤独
是座大雪纷飞的城市，
每一步
都会玷污
置放于地面的光明。
唯有你，眼睛醒着，
朝向熟睡的人群，
凝望、领悟、不满于
如此的沉寂和纯洁，
无人抗争，
无人受骗，
甚至连那被遗弃的野兽的眼泪
都毫无悲伤。
在痛苦和死亡的
峡谷中，
孤独
是座幸福的城市。

分　寸

更善与更恶

并不存在。
它们仅仅是幽灵，
仅仅是善与恶的
毫无分寸的梦幻，
仅仅是些诺言，
用以延缓那恐怖时刻的
降临——
那一刻，我们会发现
善与恶
并不存在，
它们只是幽灵，
只是些微不足道
而又含糊不清的
副词的
毫无分寸的梦幻。

陷　阱

我会这样做：
用镜子代替石头。
同样用镜子
代替名字。
那会像个

你们最终
都会落入的陷阱。
当你们好奇地俯下身来
想看看是谁的坟墓，
结果却看到了你们自己时，
即便谁也不再知道
我的坟墓在哪儿，
我也毫不在乎。

睡　眠

这是怎样的复仇啊！
最后的奴隶，
那个从未有过一丝
自由念头的奴隶，
那个哪怕想到
最最微不足道的
反叛举动
也会浑身发抖的奴隶，
仅仅将睫毛低下
便逃离了，
摆脱了任何人的控制，
奔跑，

而且不会被抓获，
因为主人
总是待在
岸上，
一边监视，
一边因狂怒和失眠
咬着自己的手掌。

丘　陵

丘陵，郁郁葱葱的甜美球体，
你们将一半藏在地下，
为了让死者也能欣赏
你们那柔和丰满的身体。

此刻，一位死者像我一样，
正在倾听永恒如何流淌，
望着你们，他会想起
如烟往事并轻声细语：

丘陵，郁郁葱葱的甜美球体，
你们将一半藏在空中，
为了让生者也能触摸

你们那温柔无比的魂灵。

让词语坠落吧

让词语坠落吧，
只是要像果实，只是要似叶子，
只是要带着成熟的死亡。
让词语坠落吧，
在它们快要腐烂的时刻，
肉身上仅仅剩下
神圣的骨头。
打开的空核，
恰如灰云中的月亮，
兴许会偷偷溜向地球——

尼基塔·丹尼诺夫

尼基塔·丹尼诺夫（Nichita Danilov，1952— ），罗马尼亚著名诗人。经济学专业毕业。已出版《笛卡尔的水井》（1980）、《平原边上的丑角》（1985）、《事物之上，虚无》（1991）等诗集。探索重大主题，赋予《圣经》故事和各类神话以新的含义。

二十世纪

我死的时候上帝
还没有出生，
我出生的时候上帝
已经死了！

二十世纪就要结束。
马尔克斯写出了《百年孤独》，
尼采创作了《查拉图什特拉如是说》，
人类踏上了月球。
那些死去的天使
纷纷从空中坠落！

天边传来消息
第三次世界大战即将爆发。
爱因斯坦死了
上帝也已经死了。

一个世界的结束正在结束，
一个谁也不再相信的
人类的开始正在开始。
街上依然刮着黑色的风，

空中依然盘旋着
不安的鹰。
那依然忧伤的钟声
宣告着一个新的开端。

哈利路亚!

事物之上，虚无

你们看不见我的脸，因为我的脸
同你们靠得太近。
善与恶，部分与整体，
光明与黑暗，
这条永无止境的路
在万事万物中结束。

你们看不见我的脸，
也感觉不到我的影子，
因为我的影子总是在你们的影子里：
善与恶，部分与整体，
光明与黑暗，
这条永无止境的路

在万事万物中结束——

梦想者

梦想者坐在梦的尽头。
他闭上眼睛，梦想着自己
怎样闭上眼睛并且梦想。

一片寒冷、忧伤的牧场伸展，在他的周围。

他躺在寒冷的牧场，梦想着。
一位女子从他面前走过并在歌唱。他
闭上眼睛，梦想着那女子怎样经过，怎样歌唱。

她有着黑色的发，
以及同样黑色的眼，
她的面容苍白又忧伤，
身躯修长又单薄。

她走过并在歌唱。

他闭上眼睛，梦想着
她黑色的发，黑色的眼。
她苍白又忧伤的面容。

修长又单薄的身躯。

她走过并在歌唱。

景色：风中点燃的蜡烛

上帝啊，我的灵魂
倚靠着你的影子，
一如乌云倚靠在
天空。

人的脚下
已种上
小麦的泪，
大麦的泪
以及黑麦的泪。

路人的腿
在高高的麦穗中行走：
泥土的蜡烛
因黄昏而颤动。

景色：街道和影子

你会梦见这条街的影子，他们说，
于是，一道绿色的影子在他梦中出现。
你会梦见这只手的影子，他们说，
于是，一道绿色的影子在他梦中出现。
你会梦见这些嘴、这个头、
这些眼、这些颅骨的影子，他们说，
于是，一道绿色的影子在他梦中出现。

黑　暗

太阳沉入
零碎的黑暗：
主啊，你的面前
站着唯一的孩子。

一支银圣灯
在他的发间燃烧。
光分成两半：
痛苦和真理。

拉杜·安德里埃斯库

拉杜·安德里埃斯库（Radu Andriescu，1962— ），罗马尼亚著名诗人。生于雅西。目前在雅西阿莱克桑德鲁·伊昂·库扎大学教授美国文学。出版过《墙上的镜子》等诗集，以及《罗马尼亚当代诗歌中的文化比照和影响》等随笔集。同亚当·索尔金合作编辑并翻译过诗选集《俱乐部8——诗歌》。2007年，英文版诗集《内心的加泰隆人》由浪利夫出版社推出。

潘丘的夜晚

在潘丘的农场，我带着一只母火鸡
登上饭厅的房顶
我们望着四周，真是美极了，我们笑着
它咯咯地叫，稍稍有点惊吓
它是只白色的母火鸡

屋里响起唱歌声和辱骂声
长长的宿舍透着寂静
四周只有葡萄，我将火鸡抱在怀里
它有点惊吓
像本书，被你头一回打开

我将它带进房间，放在唱歌人面前
身穿白色的衣裳
它那羞涩的动作
比芭蕾舞女演员的动作还要优雅
我将它带进宿舍，开灯，咽下抗议
它比床单还要白
我们一道观看世界，在饭厅的房顶

苹　果

男子将沉重的、方形的脚掌搁在裙子上
搁在肚子上。他感觉着
他在幸福地嘟哝。因幸福而冒汗。
他用耳朵凑近肚子。贴在裙子的喇叭口上
听着。听见了。他好像听见了。
他是幸福的。沉重，却又幸福。
在家里，他醉醺醺的，幸福得筋疲力尽，幸福得
　要死
进入了梦乡。
仿佛一个巨大的球体在他面前升起。
球体在旋转
他听到深沉、混合的杂音，
痛苦和快乐。仿佛
球体像只熟西瓜，发出嘎吱嘎吱的响声。仿佛他
　看见
那把长刀，听见瓜皮发出嘎吱嘎吱的响声。
他又听到深沉、混合的杂音，
快乐，痛苦，快乐。
仿佛河流断裂，天空
被水和噪音的帷幔遮蔽。
帷幔后面，一片美妙的森林从球体玫瑰色的肉身

中出现，
一片应有尽有的森林：
温泉，鸟儿，飞虫，寂静和微微的动静，风和雷雨，指甲般的树叶，
兔子，脚步声。
仿佛他正身处森林，看见了一切，听见了一切。
他是幸福的。
球体重又转动，平原出现，地平线
出现。草丛间隐藏的巢穴，云的破布条和
绵绵不断的迷人的天际。
他在旋转，看见了一切，感到幸福。直到瞥见了那个句点。
极为细小，
极为遥远，却不合时宜。
句点靠近，地平线，圆圆的
此刻，酷似一只苹果。
男子醒来，晕头转向，又疲惫不堪。他打开窗户，
吸了口气。街上，一个矮小的老头
正使劲跺着脚，朝市中心走去。

弗瑞德·瓦

弗瑞德·瓦（Fred Wah，1939— ），加拿大诗人。曾学过音乐和英语文学。后到美国攻读文学和语言学，获硕士学位。回国后，长期在卡尔加里大学教授诗歌和写作。大学期间，便积极创办诗歌刊物，从事各类诗歌活动。20 世纪 60 年代初起，陆续出版过几十部作品，其中有诗集、小说、评论集。主要诗集有《等待萨斯卡切万》《钻石烤架》等。他的诗歌带有一种明显的地理指向，呼应着种种地理特征。

水平线

在山看来
地形翘起，只是为了伪装
心，期待着
万物移动，如水平线
给旅程以惊喜，让眼睛转动
大长筒靴在下层林丛中迈步
如此心甘情愿，如此愚蠢地
追寻
那被捉弄的想法。除去
刚被剥去树皮的湿木
什么枝条能
让脚受惊，打滑，失去重心
让线条的上升，一座
悬崖，一条小溪击破
罗盘眼的意图?

冬天: 第六十五年

道路感觉更长，在五十四年后
父亲舞蹈着抵达这一年龄

当他倒在舞厅的地板上
梦想着岛屿
山，和交错的海洋

为后背准备的最后的新床
我们的谈话隐含的一点点疼痛

另一个充满夜的冬天

它的黑被雪照亮
足步尴尬地落下，迟疑

更老，但并非懂得更多
依然在恋爱，想要
再听一遍那首好歌
旋律久久回荡，深入黑暗
穿越高高的梁木
希望着

无 题

门是木头吗　　　　门是分裂的吗
门是一块板吗　　　　门是固定的吗

门是闩上的吗　　　门是悬着的吗
门是令人憎恨的吗　　　门是被人剥光的吗
门是锁着的吗　　　门是拴住的吗
门是震惊的吗　　　门是想象的吗
门是刀砍的吗　　　门是关闭的吗
门是合上的吗　　　门是破碎的吗
门是一只坛子吗　　　门是口头表达吗
门是钉上的吗　　　门是一个词语吗

奥克塔维奥·帕斯

奥克塔维奥·帕斯（Octavio Paz，1914—1998），享誉世界的墨西哥诗人。富恩特斯称他为焊接艺术大师。也就是说，他能“在似雨飞落的火花之中，用奇思异想把形形色色的存在之物连接在一起”。永恒的瞬间，这是他诗歌的基点。代表作有长诗《太阳石》等。此外，他的那些短诗也写得精妙至极，这显然与他受到的东方影响有关。他本人就曾译过王维、杜甫和李白的作品。1990 年，他获诺贝尔文学奖。激情和完美，瑞典学院如此评价他的诗歌。

桥

词语之桥
在现在和现在之间，
在我是和你是之间。

走进它
你就在走进自己：
世界联结，
闭合，犹如一只戒指。

从此岸到彼岸
总有一副躯体
伸展：那是
一道彩虹。
我将在它的拱门下入睡。

通　道

胜似空气
胜似水

胜似唇
轻柔的光

你的肉身是你的肉身的踪迹

触　摸

我的双手
打开你的存在之帘
在进一步的裸露中，为你裹上衣衫
揭示你肉身中的肉身
我的双手
为你的肉身创造另一副肉身

在走和留之间

在走和留之间，日子摇曳，
沉入透明的爱。

此刻，环形的下午是片海湾
世界在静止中摆动。

一切都清晰可见，一切都难以捕捉，
一切都近在眼前，一切都无法触摸。

纸，书，笔，玻璃杯，
在自己名字的阴影里栖息。

时间在我的庙宇震颤，重复着
永恒不变的血的音节。
光将冷漠的墙
变成幽灵般的反光剧场。

我发觉自己处于眼睛的中央，
用茫然的凝视望着自己。

瞬间在弥漫。一动不动，
我留，我走：我是一个停顿。